우리는
농부입니다

우리는 농부입니다

농사에 진심인 '힙'한 농부들 이야기

초판 1쇄 2022년 12월 25일

지은이 김유나
펴낸이 허주영
펴낸곳 미니멈
디자인 경놈

주소 서울시 종로구 창의문로3길 29(부암동)
전화 02-6085-3730
팩스 02-3142-8407
이메일 natopia21@naver.com
등록번호 204-91-55459

ISBN 979-11-87694-23-6 03810

가격은 뒤표지에 있습니다.
잘못된 책은 바꾸어드립니다.

우리는 농부입니다

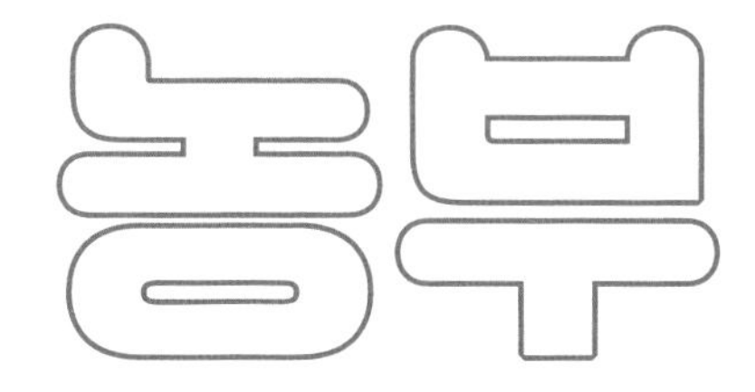

김유나 지음

농사에 진심인 '힙'한 농부들 이야기

프롤로그

농부 이야기를 시작하며

비가 무척이나 내리던 2021년 어느 여름날, 집에 가만히 있을 수가 없었다. 우비를 입고 우산을 들고 마스크까지 찬 채, 말 그대로 빗줄기를 헤치며 텃밭으로 걸음을 옮겼다. 앙증맞게 익어가는 빨간 토마토가 거센 비바람을 못 이겨 떨어지지는 않았을지, 제법 굵어진 가지와 줄기가 꺾이지는 않았을지 이런저런 온갖 걱정을 했다.

지난 해 4월 우연한 기회로 공유텃밭을 얻어 가꾸기 시작했다. 박사과정으로 학교에 다니는 조금은 바쁜 일정에도 텃밭에 나가는 일을 게을리하지 않았다. 실은, 게을리할 수가 없었다. 일상생활 중에도 텃밭 작물들이 눈앞에 아른거렸기 때문이다. 텃밭에서의 결실은 땀의 양과 비례했는데 이상하게도 그 땀은 찝찝하지 않았다. 집에서 편히 쉴 수도 있는 휴일 오후, 나는 나만의 작은 텃밭에서 열심히 자라고 있는 작물들이 걱정되었다. 내가 그토록 좋아하는 비 내리는 날이, 걱정스러

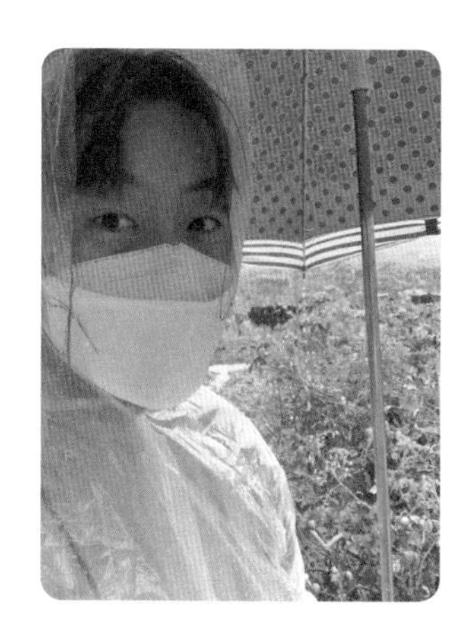

운 날이 되는 생경한 경험을 했다.

밭에 다다르고 나서 우산을 세워둔 후, 구석구석을 살폈다. 끊어지기 직전인 토마토 대를 세워 다시 묶고, 빗물이 고이지 않게 고랑과 이랑을 정리한 후 허리를 펴 한참 내 밭을 보다가 집에 돌아왔다. 작물은 생각보다 성장 의지가 강하지만(새싹이 가진 에너지는 경이롭기까지 하지만), 농부의 섬세한 손길 없이는 그 의지가 실현되기 어렵다. 나는 내 작물에게 미안할 정도의 초보 농부라, 예상치 못한 날씨에는 어찌해야 할 바를 몰랐다.

비가 멈췄다. 밭에 다녀오고 나니 바로 비가 멈춰 허무하기도 하였으나 한편으로는 설명하기 어려운 여름날의 상쾌함을 느꼈다. 아마도 이 상쾌함은 농부들만 느낄 수 있는 그런 종류의 것이었으리라.

비가 한바탕 내 마음에서도 휘몰아친 그날 밤, 갑자기 농부들이 떠올랐다. 작은 텃밭을 그저 취미로 가꾸는 사람의 마음도 이렇게 왔다 갔다 하는데 몇천 평 혹은 몇만 평에 벼를 심고 하우스 시설을 틈나는 대로 관리하며 작물을 키워내는 농부의 마음은 어떠할까? 그들은 이런 세찬 비가 내리는 날, 거센 태풍에 두꺼운 몸통의 가로수마저 힘없이 쓰러지는 날들을 어떤 마음으로 이겨내는 걸까? 그들은 왜 농사를 지을까? 무슨 이유나 계기로 농부가 되었을까?

그날 이후, 나는 농부들을 찾았다. 주변 인물들부터 소셜미디어 속 농부들에 이르기까지, 다양한 농부들을 찾았다. 소셜미디어의 농부들은 요즘 말로 '힙'하기까지 했다. 그들을 더 알고 싶었다. 농부들의 계정을 팔로우하며 일상을 들여다보기 시작했다.

더 큰 호기심이 생겼다. 여러 갈래의 호기심이었지만 결국은 농사를 업으로 삼은 사람과 삶에 대한 호기심이었다. 기회가 된다면 이야기를 듣고 대화를 나누고 싶었다. 어쩌면 너무도 당연해 생각하지 못했던 사람들, 생산품만 무대에 올라 조명을 받지 못하고 있는 진짜 농부들의 이야기가 듣고 싶었다.

농부들이 가장 바쁜 가을 농번기가 지나갈 즈음, 나는 그들과 인터뷰할 수 있다면 해보자는 마음으로 어설픈 인터뷰 초대장을 만들어 보냈다.

We.

Farmers.

계절마다 밥상에 색을 더하는 제철 식재료
고단한 하루의 피로를 잊게 하는 어머니의 손맛으로 완성된 집 밥
일상에서 당연히 여기며 누리는 이러한 '먹거리'들은
자연이 일러주는 가치를 소중히 여기며
심고, 가꾸며 수확하고 제공해주는 농부들이 있기에 가능합니다.
'농부'로서 삶을 사는 여러분들의
이야기를 담고 싶습니다.

project 'we', the first
FARMERS.

차례

제3화 여전히 그리고 앞으로도 행복한 농부

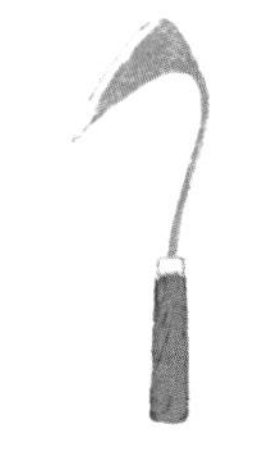

제1화

우리는 텃밭을 가꿉니다

감성 텃밭 가드너

김은혜

그녀의 인스타그램을 보면 얼마나 텃밭 가꾸는 일을 사랑하는지, 그 열정의 크기가 얼마나 큰지 느낄 수 있다. 그저 예쁜 사진으로만 여기고 지나치기엔 한 장 한 장이 너무 특별하다. 그녀는 베란다와 옥상을 텃밭으로 만들어 10년 넘게 가꾸고 있는 프로 가드너이다. 스타트업 투자 심사업무를 하다 이젠 자신만의 노하우를 담아 '세븐가드너스'라는 가드닝gardening 제품 인터넷 쇼핑몰을 창업하였다. 텃밭에 진심인 김은혜 님과 이야기를 나누었다.

인스타그램: @7gardners
세븐가드너스 인스타그램 공식계정: @7gardeners_official
세븐가드너스 홈페이지: 7gardeners.com

처음 텃밭 가꾸기는 어떤 계기로 시작했나요?

사실 저는 가드닝에 관심이 전혀 없었어요. 2011년 우연히 화분에 애호박과 가지를 키우는 한 블로거의 포스팅을 본 후 화분에서 수확할 수 있는 채소들이 생각보다 많다는 것을 알고 재미있을 것 같았어요. 마침 이듬해인 2012년에 저희 가족이 주택을 지어서 현재 사는 이 집으로 이사를 왔는데 옥상공간을 어떻게 활용하면 좋을지 고민을 했어요. 아버지께 옥상에 흙을 깔아 옥상텃밭을 만들어주시면 제가 열심히 텃밭을 가꾸어보겠다고 야심차게 제안드렸는데 정말로 만들어주셨어요. 그 계기로 시작했습니다. 이후로 지금까지 10년간 꽤 많은 시간을 텃밭에서 보내고 있어요.

10년 동안이라면 텃밭에 관한 에피소드들도 정말 많을 것 같은데요. 기억에 남는 일이 있다면?

텃밭을 처음 시작했을 때, 집 근처 육묘장에서 상추 모종 한 판을 통째로 사와서 전부 심었어요. 한 판에 모종이 75개였는데 하나에서 얼마만큼의 수확량이 나오는지 전혀 몰랐던 거죠. 하하. 가족들이 쌈

채소를 좋아하니 충분하게 심어야지라고만 생각했다가 매일 어머니와 잎을 따서 대형 쇼핑백에 한가득 담아 여기저기 지인들에게 나눔을 하며 한참 웃은 기억이 있어요.

또 회사 다닐 때 한동안 해외출장이 많았던 시기가 있었어요. 폭염에 장마까지 겹친 때였는데 출장에서 돌아오니 작물들이 모두 노랗게 변하고 바싹 말라 손으로 만지면 부스러질 정도가 되었어요. 많이 속상했어요.

회사 에피소드가 하나 더 있는데, 제가 회사에서 텃밭 이야기를 많이 했나 봐요. 하루는 부사장님이 텃밭에서 수확한 것 좀 가져와 보라고 말씀하셔서 제가 다음 날 상추를 좀 갖다드렸어요. 그 상추가 너무

맛있었다고 하시면서 다음 해에 5만 원을 주시며 앞으로 나올 수확물을 그 값만큼 달라고 하신 적이 있었어요. 친환경 마트 가격으로 드린다고 드렸죠. 하하. 인상 깊은 추억이에요. 처음으로 취미삼아 하던 텃밭 수확물로 돈을 받았으니까요.

제가 은혜 님 인스타그램을 볼 때마다 느끼는 건데 사진이 너무 예뻐요. 텃밭에 진심이 느껴질 정도로 정성을 들인다는 생각을 많이 했어요. 가랜드를 만들어 찍기도 하시고. 이렇게 예쁘게 찍으시는 이유가 있을까요?

취향과 열정이 저도 모르게 나오는 것 같아요. 손으로 아기자기하게 무언가 만드는 것을 좋아해요. 텃밭을 하면서 제가 키운 것들에 대한 애정이 생기더라고요. 씨앗에서 새싹이 태어났는데 이 새싹들을

축하해주자. 하하. 그래서 '축 탄생' 가랜드를 만들어 새싹 사진을 찍었어요. 찍고 나서 보니까 너무 귀여운 거예요. 그 이후 더 예쁘게 찍고 싶다는 욕심이 들어서 토퍼도 만들어 꾸미고, 주변에 꽃들과 같이 찍기도 하고 다양한 시도를 한 것 같아요.

최근엔 수확한 열무가 너무 사랑스러워 보이더라고요. 저는 씨만 심은 것 같은데 이렇게 작물들이 땅속에서 자라 나온 게 신기해서 얼굴 모양을 만들어 붙여도 보고, 이 열무들은 커플일 거야 이런 스토리를 만들어도 보고…. 약간 어떤 놀이를 하는 것 같았어요, 텃밭에서. 하하. 저의 취향이 취미에 녹아든 것 같아요.

저 역시 인스타그램을 통해 은혜 님을 알았는데 인스타그램에서 소통하시는 분들과 유대감이라고 할까요? 그런 걸 좀 느끼시나요?

네네, 엄청 많이 느껴요. 제 주변에는 텃밭 가꾸기를 하는 분들이 많지 않아요. 심지어 가족들조차 제가 텃밭 가꾸는 것을 너무 좋아하는 것에 크게 공감해주시지 않거든요. 친구들도 그렇고. 하하. 그래서 제가 텃밭용 계정을 따로 만들었어요. 이곳에선 제가 팔로우하는 분들 또 저를 팔로우하는 분들 모두 가드닝에 관심이 있거나 직접 가드닝을 하는 분들이기 때문에 댓글 달아주는 내용들도 공감 가는 게 많아요. 팔로우하는 분들의 피드를 보면 제가 배추를 심을 때 그분들도 배추를 심고, 잡초 때문에 미치려고 할 때 그분들도 똑같은 고민을 하시더라고요. 그런 것들을 보면 일종의 유대감이 형성되는 것 같아요.

인스타그램 팔로워분들을 통해 정보를 얻기도 하나요?

많이 얻는 것 같아요. 제가 막 정보를 찾으려고 한다기보다 팔로워분들의 피드를 보면서 자연스럽게 알게 되는 것들이 많아요. 예를 들어 '막걸리에 사카린을 섞어서 유기농 살충제를 만들어줬다' 이렇게 피드에 올린 내용이 저에게 새로운 정보가 될 때가 있어요. 또 봄에 뭔가 파종하려던 것을 잠시 잊었는데 다른 분들 파종한 사진을 보고 갑자기 떠올리고요. 정보가 필요할 땐 전업 농부들이 운영하는 유튜브 채널 영상을 찾아봐요.

은혜 님 인스타그램은 정말 보는 재미란 게 있어요.

아, 정말요? 우아! 감사합니다. 하하. 저는 우리나라의 텃밭 문화가 아직 예전 시골 텃밭에서 먹기 위해 조금씩 가꾸던 수준에 머물러 있다고 생각해요. 요즘 캠핑이나 낚시가 하나의 트렌드가 되어 감성 캠핑, 감성 낚시 이런 수준까지 올라온 것처럼 텃밭 가꾸기도 하나의 취미이자 문화가 될 수 있다고 믿어요. 또 그런 문화가 되는데 조금이라도 기여할 수 있으면 좋겠다고도 생각해요. 누군가는 텃밭을 이렇게도 하더라 하면서요. 작은 정성을 들이고 작은 소비를 통해 취미를 한 단계 레벨업해서 즐기는 것을 보여주고 싶어요. 제가 텃밭을 오래 하니까 그런 생각을 자연스럽게 한 것 같아요. 작물을 계속 키우는데 어떻게 하면 조금 더 재밌게 할 수 있을까, 내가 그런 방법들을 제안해보는 건 어떨까 이런 생각이요.

그러네요. 사실 낚시나 캠핑이 지금처럼 많은 사람이 즐기는 하나의 문화로 자리 잡은 건 얼마 안 됐는데, 돈과 시간을 아끼지 않잖아요. 텃밭도 어떻게 보면 그런 건강한 취미이자 문화로 자리 잡을 수 있어요. 소소하지만 확실한 즐거움을 주는.

그런데 얼마 전 은혜 님의 게시글 중에 전통시장에서 국산 농기구를 구매하고 올린 내용을 인상 깊게 읽었어요. 많은 분이 가까이 있는 다이*나 인터넷을 통해 구매하지 특별히 전통시장에 갈 생각은 안 하는 것 같아요.

네네. 그 내용은 정말 평소에 제가 오랫동안 생각했던 것이기도 해

풍년

Garlic

요. 그래서 특별히 깊게 고민하고 적은 내용은 아니었는데 의외로 반응이 되게 좋았어요. 몇 안 되는 지인도 그 피드가 좋았다고 굳이 연락을 주시기도 했고, 또 농기구에 대해 크게 생각해본 적 없는데 반성하게 되었다면서 국산 농기구를 써봐야겠다는 댓글도 기억에 남아요. 저는 호미를 해외에 수출해보려고 전국의 대장간들을 돌아다니며 대장장이들과 인터뷰를 진행하기도 했어요. 그 과정에서 너무 안타까운 현실을 마주했어요. 전업 농부가 쓰는 농기계 말고 작은 호미들마저 너무 중국산이 시장을 장악한 현실을 보니까 저처럼 텃밭하시는 분들이 전국에 200만이나 된다고 하는데 우리들끼리라도 으쌰으쌰하면 대장간이 사라지지 않고 유지되지 않을까… 이런 생각을 강하게 했어요. 전국에 여전히 많은 대장간과 장인이 있고 저마다의 역사와 이야기가 있어요. 또 영주 대장간에서 호미가 알려졌는데, 강원도 어느 대장간은 낫이 유명하더라고요. 그런 특색을 살리고 요즘 감성에 맞춰 그분들의 장인정신이 담긴 상품을 팔아보고 싶다는 생각, 그게 서로에게 도움되는 방법일 것 같다는 생각을 했어요.

이게 된다면 엄청난 SNS의 선순환, 소위 말하는 선한 영향력이 될 것 같아요. 저는 은혜 님의 이런 노력이 대단하다고 생각해요. 아무래도 이전 직업과 관련이 있을까요?

그럴 거 같아요. 저 역시 항상 제 사업하는 걸 꿈꿔왔어요. 사람들이 이런 걸 덕업일치라고 하더라고요. 좋아하는 게 일이 되는…. 내가 너무 좋아하는 텃밭, 내 노하우를 담아 관련 사업을 하고 싶은데 어떻게 할 수 있을까? 이렇게 점점 생각이 발전한 것 같아요.

조만간 은혜 님의 브랜드를 만날 수 있는 건가요? 빨리 그런 날이 왔으면 좋겠어요.

하하. 저도 그러고 싶은데 정말 쉬운 일이 아닌 것 같아요.

지난번에 씨앗 나눔에 대해 올린 글도 보았어요. 또 저희가 처음 만났을 때에도 이 부분에 대해 말씀해주시기도 하셨고요.

채종할 때 씨앗이 많이 나오는 경우가 있어요. 저 혼자 씨앗을 다 소비하지 못하는데 시간이 지날수록 발아율이 떨어져요. 그래서 신선한 씨앗을 나눠드리곤 해요. 예전에 블로그 운영할 때, 블로그 이웃들과 오프라인에서 만나기도 했는데 그때 서로 씨앗 선물을 많이 했어요. 상대방이 안 키워봤을 거 같거나 특이한 작물의 씨앗들을요.

아무리 좋아서 하는 취미이고 일이지만 때론 부담이 되거나 귀찮은 경우도 있을 것 같은데요? 물론 은혜 님 인스타그램을 보면 그런 인상은 전혀 받지 못했지만요. 온전히 혼자 하시는 건가요? 주변 분들의 도움이 있다거나….

정말 저 혼자 다… 하는 거고요. 하하. 초기에는 엄마가 몇 번 도와주셨는데 힘들다고 하시면서 그 이후 더 이상 안 도와주세요. 특히 제일 힘든 시기가 봄에 땅을 갈 때인데 이때는 솔직히 너무 힘이 들어요. 저는 텃밭을 옥상에서 하기 때문에 다락방으로 올라가서 옥상을 가야 해요. 비료를 옮길 때는 정말… 하하. 비료를 들고 다락방 사다리를 타고 올라가서 옥상에 두고… 왔다 갔다 반복이 정말 힘들어요. 다 옮기고 나면 비료를 흙과 섞어야 하는데 그때도 힘들더라고요. 한 번은 건장한 조카들에게 일당을 줘가며 도와달라고 한 적도 있어요. 봄에는 저를 도와줄 사람을 찾아요. 그 외에는 정말 저 혼자 해요.

그렇게 힘이 드는데 또 매년 반복하죠.

그러니까요. 그 시기만 지나면 또 즐겁게 해요. 텃밭에서 느끼는 보람과 즐거움이 힘들다는 생각을 넘어서는 것 같아요.

은혜 님이 비료 포대를 들고 다락을 거쳐 옥상텃밭으로 가는 과정을 상상해보았다. 평지에 차를 대고 트렁크에서 비료 포대를 내리는 작업만 해도 땀으로 목욕을 할 정도인데, 계단을 오르는 고생을 더해야만 옥상텃밭을 가꿀 수 있다니… 보통의 의지로는 안 되겠구나 싶었다. 게다가 은혜 님의 텃밭은 그저 취미라고 하기엔 매우 전문적이고 옥상 전체 면적을 차지하고 있다. 은혜 님이 이 텃밭에서 가랜드를 만들어 새싹이 나오는 것을 축하해주고 작물들과 대화하면서 밭일하는 것을 상상해보니 말 그대로 꽁냥꽁냥일 것 같다. 좋아서 하는 일은 그 자체로 강하다. 힘이 들어도 힘든 줄 모르니 말이다. 정확하게는 몹시 힘이 들지만 웃을 수 있다.

은혜 님 텃밭 작물들을 보면 김치 재료가 많아요. 물론 대부분의 채소가 김치 재료가 되긴 하지만요. 부모님께서 김치를 담그시면 매우 좋아하셨을 것 같아요.

올해는 제가 직접 김치를 담가봤어요. 그래서 더 좋았어요. 제일 처음에 열무를 수확해서 열무김치를, 그러고 나서 갓을 수확해서 갓김치를, 총각무와 배추를 수확해서도 또 담고요. 아, 올해 제가 열무를 두 번 심었어요. 열무를 한 번 더 수확해 열무김치를 또 했어요. 김장김치처럼 많은 양은 아니지만 그래도 김치통으로 한 통씩은 나왔어요.

원래 김치를 담글 줄 아셨어요?

아니요, 올해 처음 해봤어요. 그동안은 제가 수확하면 부모님이 담그셨는데 어머니가 무릎 수술 받고 좀 아프셨어요. 그래서 직접 해봤는데 쉬운 일이 아니더라고요. 진짜 쉽지 않았어요.

맛은 어땠어요?

어머니가 옆에서 간을 봐주셨어요. 갓김치는 유튜브를 보고 하라는 대로 했어요. 그런데 어머니가 너무 맛이 없다고 하시더라고요. 하하.

그래도 직접 재배한 채소로 김치를 담근다는 건 의미가 있을 것 같아요.

네네. 저한테 진짜 의미 있는 일인 것 같아요. 내가 씨를 뿌리고 심고 키워서 요리까지 해먹는, 모든 생태계의 순환을 다 겪었으니까요. 이런 형태가 자급자족인 것 같기도 하고. 가을 농사 같은 경우는 정말 김장을 위한 재료가 대부분이어서 특히나 크게 느껴져요. 김치가 우리나라 사람들의 삶에 큰 부분을 차지하잖아요, 한 가족의 식생활에 있어서. 올해 제가 수확한 채소로 김치를 직접 담그고 그게 가족 식생활에 기여했다는 생각이 들면서 더 보람을 느꼈던 것 같아요.

이제 은혜 님 텃밭 안 하시면 가족분들이 아쉬워하실 것 같아요.

하하, 그럴 것 같아요. 이제는 제가 텃밭하는 것을 그냥 당연하게 생각하시는 것 같아요.

시종일관 유쾌한 웃음소리가 끊이지 않은 인터뷰였다. 10년 넘는 기간 동안 텃밭을 하면서 얼마나 많은 일이 있었을지 짐작할 수 있었다. 은혜 님은 정말 감성 가드너였다. 감성 캠핑처럼 가드닝도 언젠가는 그렇게 되리라 믿고 또 그걸 선도하는 사람이 되고 싶다고도 했다.

인터뷰를 하고 몇 달 뒤, 은혜 님의 인스타그램을 통해 쇼핑몰 오픈 소식을 접했다. 쇼핑몰을 방문한 나의 소감은 '은혜 님 자체였다'이다. 쇼핑몰의 전체적인 감성과 판매 물품들이 딱 은혜 님이 옥상텃밭에서 사용할 것만 같은 것들이었다. 그렇다면 믿고 구매할 수 있지 않을까? 프로 텃밭 농부가 선택한 가드닝 도구, 거기에 가드너만의 감성이 더해진 제품이니까. 은혜 님과 한 번 더 이야기를 나누어야겠다고 생각했다. 2022년 8월, 은혜 님과 다시 만났다.

은혜 님, 안녕하세요. 그동안 잘 지내셨어요? 창업하신 이야기를 듣고 싶어서 추가 인터뷰 요청드렸어요.

네네, 안녕하세요. 잘 지내셨죠?

축 상추 수확

홈페이지에 들어가 봤어요. 완전 은혜 님 스타일이더라고요. 창업하시게 된 계기가 있을까요? 물론 전에 인터뷰할 때 언젠가는 창업을 하실 거라고 저 혼자 생각하긴 했어요.

창업을 결심한 결정적인 이유가 있는 것은 아니지만, 가드닝한 지가 지금 11년 정도 되었는데, 취미 가드너로서 항상 외국의 가드너처럼 예쁘게 뭔가를 하고 싶은 욕구가 많았어요. 그런데 한국에 그런 인프라가 너무 갖춰져 있지 않다고 생각했어요. 그 누구도 내가 원하는 상품을 소싱sourcing해오거나 판매하는 사람이 없었던 것 같아요. 시장이 변하면 좋을 것 같은데 왜 아무도 시도하지 않나 하는 생각을 오래 해왔어요.

전에 하셨던 일이 어떤 영향을 주었나요?

아무래도 투자심사를 했기 때문에 시장 분석을 해보려는 시도들을 했어요. 제가 알아본 바로는 이 가드닝이라는 시장이 GDP가 3만 달러가 넘어가는 시점부터 성장하는 섹터더라고요. 어느 정도 여유가 있는 사람들 사이에서 커지는 시장인데 국내 경제가 발전함에 따라 수요는 늘어나지만 그에 상응하는 시장이 발전하지는 않은 것 같았어요. 또 코로나19로 가드닝이 전 세계적으로 붐이 일기도 해서 지금이 좋은 기회라고 생각했어요. 저의 오랜 꿈이고, 이 시장에서 선도하는 역할을 해보고도 싶어 창업을 했어요. 어떻게 보면 저의 가드닝을 향한 '덕질' 욕구를 충족시키기 위해서이기도 했고요.

'덕업일치'네요, 하하. 사이트를 보다가 궁금한 점이 있었는데 제품 선택의 기준이랄까요?

제가 가드닝 용품을 검색해보면 좀, 뭐랄까? 극단적인 것 같았어요. 너무 비싼 것 아니면 너무 저렴한 것 이렇게 양극화가 되어 있다고 생각했어요. 저는 그 중간으로, 합리적인 가격에 품질은 좋으면서 예쁜 제품이 없을까를 고민했어요. 제품을 선택할 때 이 가격이 합리적인가, 국내에 없는 제품인가, 다른 판매자들이 팔지 않는 희소성 있는 제품인가를 우선적으로 따져봤어요.

물론 좋아서 하신 일이긴 하지만, 창업을 준비할 때 어려움도 많았을 것 같아요.

정말 많았어요. 내 기준에는 필요한 제품인데 잠재 고객님들에게도 그럴까? 정말 필요할까? 이런 기본적인 고민을 많이 했어요. 일종의 창업 전의 두려움이었던 것 같아요. 업무상 어려웠던 점도 있었죠. 개인적으론 그냥 잘 팔리는 물건을 많이 팔아서 돈을 버는 것만이 아니라, 가드너들을 위한 모든 상품을 다루는 하나의 플랫폼을 만들고 싶은 바람이 있어요. 그래서 되도록 다양한 상품을 보여드리는 게 목적이라 적은 인력으로 많은 상품을 소싱해서 하나하나 촬영하고 홈페이지에 올리는 작업들도 역시 어려웠어요.

지금까지 세븐가드너스를 운영하시면서 자부심을 느낀 경험이 있을까요?

고객들과 통화할 때 신제품이 계속 나오는지 물어봐 주시는 분들이 있으세요. 구매하신 제품이 너무 맘에 든다고 말씀하시면서 좋은 제품 더 많이 소개해달라고도 하시고요. 어떤 고객께서는 신제품이 더 안 나올 줄 알고 비회원으로 대량 구매해주셨다가 계속 출시되는 것을 보고 회원 가입해서 재주문해주셨고요. 아직 오픈한 지 3개월 정도밖에 안 되었지만 재구매율이 높은 편이에요. 정말 보람을 느껴요.

제가 판매자라도 그런 고객님들 반응이 정말 기쁠 것 같아요. 마지막 질문으로 앞으로의 목표에 대해 여쭤볼게요.

단기적으로는 가드너들의 니즈를 충족시켜 줄 플랫폼이 되는 것이지만 궁극적으로는 사회에 따뜻한 영향을 미치는 기업이 되자는 목표를 갖고 있어요. 식물을 키운다는 것, 텃밭에서 식재료를 키운다는 것들이 사람의 정서에 매우 좋은 영향을 미친다는 확신이 있어요. 더 많은 사람이 가드닝에 즐거움을 느끼고, 그로 인해 마음의 안정을 얻어 결국 사회가 아름다워지는 데 기여하는 좋은 기업이 되고 싶어요.

추가 인터뷰를 마치니 앞으로 그녀의 행보가 더욱 기대된다. 가드닝에 관해 처음 인터뷰할 때의 열정과 애정이 담긴 눈빛 그대로였지만, 일 이야기를 할 때는 기업가의 렌즈를 낀 듯한 색의 빛이 났다. 은혜 님은 다채로운 사람이다. 은혜 님의 텃밭에서 자라는 작물처럼, 정원에서 피는 꽃들처럼 은혜 님의 사업에도 그 푸르름이 더 진해지고, 신선한 열매들이 맺힐 것이란 확신이 들었다.

언젠가부터 '선한 영향력'이라는 말이 유행처럼 사용되기 시작했다. 나는 은혜 님과의 대화에서 어쩌면 이런 것들을 두고 '선한 영향력'이라고 하는 게 아닐까라고 여러 번 생각했다. 은연중에 드러났던 그 선함이 경영자의 철학이 되어 있었다. 조용히 그러나 열정적으로 세븐가드너스를 응원할 것이다.

Gardening Fashion
가드닝에도 패션을 입혀보세요.
꿈꾸던 정원사, 어엿한 농부가 된 모습을 더 만끽해보세요.
다양한 가드닝웨어가 여러분들을 기다리고 있습니다.
가드닝 웨어 보기

아이와 함께 가꾸는 텃밭

이경수

여기 서울 도심에서 자연과 친숙해지는 삶, 자연스럽게 흙을 만질 수 있는 곳을 자녀에게 선물한 아빠가 있다. 바른 먹거리가 무엇인지, 우리 식탁에 오는 먹거리들이 어떻게 생산되는지를 실제 경험을 통해 깨닫게 해주려는 아빠의 노력으로 아빠와 아들은 몇 년째 텃밭을 가꾸고 있다. 경수 님과 나눈 짧고 담백한 인터뷰 안엔 실로 많은 이야기가 있었다.

경수 님, 안녕하세요. 독서모임에서 텃밭에 대해 나눴던 짧은 대화가 문득 생각났어요. 이렇게 인터뷰에 응해주셔서 감사합니다. 간단한 자기소개 부탁드릴게요.

저는 서울 강동구에 사는 40대 이경수입니다. 가족은 나와 아내, 초등학교 2학년 남자아이 이렇게 세 명입니다. 저희는 여행을 자주 다녀요. 주로 자연과 함께할 수 있는 곳으로 시간 날 때마다 가요.

아들과 함께 텃밭 가꾸기를 시작한 지는 얼마나 되셨나요?

주말농장을 처음 시작한 건 6년 전이었습니다. 자연에 대한 막연한 환상, 식재료에 대한 관심, 아이에게 흙을 만지게 해주고 싶은 욕심으로 시작했습니다. 여행을 가면 펜션 주인이 쌈 채소를 주기도 하는데 신선한 쌈 채소가 매력적으로 보였어요. 사실 아이가 태어나기 전에는 특별한 관심이 없었어요. 그런데 아이가 태어나고 나서 안전한 먹거리에 관심을 갖게 되었어요. 주말농장에서 농약을 하나도 사용하지 않고 직접 키운 작물을 수확할 수 있다는 점이 눈길을 끌었습니다. 아이 역시 흙을 만질 기회이기도 해서 좋아할 거라 생각했습니다. 그렇게 처음 집에서 40분을 이동해야 하는 개인이 운영하는 주말농장에서 텃밭을 시작했습니다.

그럼 자녀분이 몇 살 때 시작한 건가요? 6년이나 하셨으면 앞으로 주말농장을 안 한다고 하면 오히려 자녀분이 이상해할 것 같은데요.

아이가 세 살 때부터 한 것 같아요. 하하. 커가니까 이제 조금씩 귀찮아도 하고, 텃밭 일을 하다 보면 여러모로 지저분해지니 오히려 점점 더 안 하려고 하는 것 같아요. 이게 농사… 굳이 농사라고 말하긴 어렵지만 그래도 한여름 땡볕에서 물을 줘야 하고 지속적으로 관리해 줘야 하는 것을 아이가 커갈수록 안 좋아하는 것 같아요. 사실 밭에 가자고 하면 '힘들어… 하기 싫어'라고 하면서 안 간다고도 하는데요, 막상 가면 열심히 합니다. 물도 주고, 수확하는 건 더 열심히 하고요.

자녀분과 함께 텃밭을 하셨는데 기억에 남는 에피소드가 있나요?

아이가 처음 텃밭에 갔을 때 모종을 심자마자 신발로 다 밟아서 다시 심어야 했던 기억이 있어요. 모종을 심어놓은 텃밭을 뛰어다니는 모습을 보고 처음엔 인상을 썼지만 결국 웃었죠. 또 저 역시 초보여서 상추 같은 채소가 얼마나 잘 자라고 수확량이 얼마나 되는지 몰랐어요. 상추 같은 쌈 채소들이 너무 잘 자라서 주변 사람들에게 많이 나눠주고 나서도 한동안 샐러드만 먹었던 기억이 있어요. 지금 이용하는 공유텃밭 한쪽에 쉴 공간이 마련되어 있는데요, 가족들과 함께 삼겹살을 구워 먹곤 해요. 텃밭에서 직접 채소를 따서 바로 고기를 싸 먹으면 그게 그렇게 맛있고 또 여행지에 온 것 같은 기분이 들기도 합니다.

보람을 느낄 것 같은데요?

내가 키운 채소를 직접 먹는다는 데 뿌듯함을 느꼈어요. '누가 키운 건지 아냐'며 으스대기도 하고요. 특히 고기를 먹을 때 마트에서 구매한 상추는 굳이 쌈을 사서 먹지 않는데 직접 키운 상추는 쌈을 사서 먹고, 서로 쌈을 건네기도 해요.

채소를 싫어하는 아이도 많은데 아드님은 그렇진 않을 거 같아요.

네, 잘 먹는 편이에요. 김치도 잘 먹고, 나물도 잘 먹어요. 예전에 체험하러 버섯농장을 몇 번 갔더니 버섯을 엄청 잘 먹었는데, 유치원을 가고는 안 먹더라고요. 자기가 직접 따서 먹을 땐 엄청 잘 먹고 좋아했는데…. 그렇다고 그걸 강요하진 않아요.

아빠와 텃밭이라… 세 살 때부터 아빠와 텃밭이라는 공간에서 얼마나 많은 추억을 켜켜이 쌓아왔을까? 지금보다 훗날 아이가 커서 어린 시절을 회상할 때 그 강도와 크기가 더 깊고 크게 느껴질 것이다. 어린 시절을 매일 떠올리진 않지만 몇몇 기억들은 이상하리만

109

큼 또렷하다. 잊히지도 않는다. 분명 아빠와의 잊지 못할 추억이 텃밭에서 보낸 기간만큼 쌓여 있을 것이다. '내가 키운 거야, 엄마'라고 으스대며 쌈을 싸 먹는 아이의 모습을 상상하니 미소가 지어진다. 생각해보면, 베란다 텃밭에서 쌈 채소 키우기는 그렇게 어려운 일처럼 보이진 않는다. 하지만 모두가 하는 쉬운 일도 아니다. 텃밭은 더더욱 그럴 것이고. 아마도 아이는 알 것이다. 모두가 할 수 있지만, 모두가 하진 않는 그런 일, 서울 아파트 숲에서 자라는 아이에게 조금이라도 진짜 자연을 느끼게 해주고 싶어 기꺼이 그 일을 함께하는 아빠의 마음을 말이다.

지금은 어디에서, 어떤 형태의 텃밭을 이용하고 있으세요?

제가 사는 강동구에서 운영하는 공유텃밭을 이용해요. 한강 인근에 자리해 자전거를 타고 가기에도 좋습니다. 경쟁이 치열해서 당첨되지 않았는데 예비로 뒤늦게 분양을 받았습니다. 앞으로도 '시'나 '구'에서 분양하는 텃밭을 이용할 계획입니다. 상대적으로 저렴하고 거리상으로도 가까워서 기회가 되면 계속 참여하려고 해요. 4평 남짓한 텃밭을 두 가족이 가꾸고 있습니다. 4학년 남자아이 가족과 함께, 정확히는 아이들과 아빠들끼리 텃밭을 가꿉니다. 놀러 간다는 생각으로 하고 있어요. 올해는 저와 제 아들보다 다른 가족이 더 열심히 하셨어요.

아빠와 아들, 두 가족이라… 너무 좋네요. 특히 아내분은 더 좋아하실 것 같아요. 함께하는 가족과의 관계는 어떻게 되세요?

아내는 올해 두 번 정도 텃밭에 같이 간 거 같아요. 가서 고기 구워 먹고 그랬어요. 같이하는 분은 아빠 모임에서 알게 되었습니다. 나중에 보니 같은 아파트에 살더라고요. 그 이후로 가족끼리 자주 만났고 제가 텃밭에 당첨된 후 같이하자고 제안했어요.

아빠 모임? 그게 정확히 어떤 건가요?

네이버 카페에 '아빠 학교'(cafe.naver.com/swdad)라는 커뮤니티가 있어요. 권오진 선생님이 만든 카페인데, 아이들과 같이할 수 있는 놀이가 위주이기는 하지만 그 안에서도 커뮤니티가 다양해요. 요리부나 자녀와 무인도 가기 체험도 있어요. 거기서 만난 아빠 중에 마음이 맞는 분들과 따로 만나기도 하는데 그중에 우연히 같은 아파트에 사는 분을 알고 지금 텃밭을 같이하고 있어요. 저희 아들도 이웃 형이랑 함께하니까 좋아하고요. 형이랑 놀러 가는 거나 마찬가지예요, 거의. 내년에도 같이할 것 같아요.

저에겐 생소하면서도 흥미로운 모임이네요. 좋은 부모가 되려는 노력들이 대단하세요. 텃밭이나 아까 말씀하신 버섯농장 가기와 같은 체험 활동도 자녀와 함께하기 위해 노력하시는 거 같아요. 맞나

115
116

요? 아니면 본인이 원래 이런 활동을 좋아하시나요?

전자인 것 같아요. 제가 가서 막 즐기지는 않는 것 같아요. 솔직히 아이가 없으면 안 할 거 같아요. 아이를 서너 살부터 제가 데리고 다녔고 지금 아홉 살인데 아직도 재미있어해요. 과수원 체험 같은 것도 많이 했어요. 사과 따기도 하고 겨울에 딸기 따기도 하고요. 딸기 같은 경우는 한 다섯 번 정도 간 거 같아요. 여행도 자주 다니려고 하고요. 여행이나 과수원 체험 등을 통해 자연에서 보내는 시간을 만들어주려고 하고 있어요. 지루한 시간을 색다르게 보내기 위해서이기도 하고요.

너무 이상적인 아빠인 거 같은데요.

하하.

좋은 아빠, 좋은 부모가 된다는 것은 어떤 것일까? 경수 님과의 인터뷰 내내 이런 질문이 내 머릿속에 이어졌다. 교육을 공부하는 나에게도 '교육이 무엇이냐'라고 누군가 물으면 답을 쉽게 하지 못한다. 오히려 나는 '교육이 정말 무엇일까?'를 고민하고 알아가고 있다고 답할 것이다. 경수 님과의 대화에서 등장한 '아빠 학교'라는 네이버 카페에 들어가 보았다. 좋은 아빠가 되기 위해 노력하는 수많은 아빠를 볼 수 있었다. 카페에서 발견한 면면들은 그 어떤 교육기관보다 더 교육적으로 보였고, 아이뿐 아니라 부모도 함께 배울 수 있

는 교육의 장으로 보였다. 자녀와 함께할 놀이를 배우고, 무인도 가기를 포함한 각종 체험 활동 정보를 공유하고, 아빠들끼리 육아 고민을 나누기까지 세세하게 운영되었다. 아빠니까 할 수 있는 다양한 것들이 이 인터넷 카페에 있었다. 이곳의 아빠들도 '좋은 아빠가 정말 무엇일까?'를 고민하고 알아가고 있는 게 아닐까?

텃밭 이야기를 좀 더 해볼게요. 어떤 작물들을 키우고 있으세요?

4평 남짓한 작은 텃밭이라 작물이라고 하기는 좀 창피한데요. 우선 밭의 삼 분의 일 정도에 쌈 채소를 심고요. 토마토나 고추 같은 열매 채소 삼 분의 일, 나머지는 아이들이 키우고 싶어 하는 작물이에요.

얼마 전, 가을이 되기 전에 밭을 갈고 무와 배추를 심어 수확을 했습니다. 모양이 제각각인 무 열다섯 개, 배추 열 포기, 부추 다섯 단 정도 수확했어요. 두 가족이 반으로 나누니 양은 그리 많지 않았죠.

배추와 무는 김치 재료인데요?

네. 이전에도 배추, 무, 갓을 심고 키워서 그 재료로 김장을 한 적이 있었어요. 김치가 고급 음식인지 그때 처음 알았습니다. 열다섯 포기 정도였는데, 생각보다 비용이 많이 들었고 또 노력도 많이 들었어요. 하하. 사실은 수육 보쌈을 해먹으려고 시작한 건데 일이 너무 커져버렸어요. 그래도 그때 먹었던 김치가 제일 맛있던 것 같아요. 이런 식으로 김장을 한 세 번 정도 했어요. 올해는 배추 다섯 포기로 김치를 담았어요. 절이는 건 아내가 하고요. 물론 수육은 제가 했어요.

텃밭을 통해 느끼신 점이 있을까요?

농사가 생각보다 어려운 일이구나, 또 내가 식재료에 대해 잘 모르고 무관심했구나라는 생각을 많이 했어요.

한국인에게 김치를 담가 먹는다는 것은 아마도 그 행위 이상의 의미가 있을 것이다. 막 담근 아삭한 김치에 된장 냄새 솔솔 풍기는 따뜻한 수육 한 점은 환상적이다. 생굴은 약간의 호불호가 있는 것 같은데, 아직까지 막 담은 김치에 수육 한 점을 싫어하는 사람은 못 보았다. 이 글을 쓰는 지금은 한여름인데도, 겨울 김장김치에 수육 먹을 생각에 기분이 좋아진다. 김치를 담그는 중 배추 한 장 뜯어 돌돌 말아 먹는 것도 너무 재밌어서 어렸을 때 나는 김치를 버무리는 대야 옆에 항상 붙어 있었던 기억이 있다. 왜 그렇게 꿀맛이었는지. 분명 짜고 조금은 매웠을 텐데 말이다. 아들과 함께 텃밭에서 키운 식재료로 김치를 담고, 수육을 만들어 먹는 어쩌면 가장 한국적인 가정의 소소한 이벤트가 부럽기도 하고 그립기도 했다. 인터뷰를 마치고 어떤 바람이 생겼다. 현재 초등학생인 경수 님의 아들을 언젠가 만나 같은 질문을 아빠가 아닌 아들에게 묻고 싶은 바람.

내 주변에 가장 가까이 있는 '아빠'인 제부 역시 경수 님과 여러모로 닮았다. 퇴근 후 또는 주말에 딸들과 함께 보낼 시간을 늘 고민한다. 분명 피곤할 텐데 쉬는 날을 허투루 보내지 않는다. '대단하다'라는 감탄이 절로 나올 정도로 바쁘게 산다. 텃밭이라고 하기에는 조금 큰 밭농사를 짓고 있기에 아이들과 함께 가꾸지는 않지만, 아이들을 위해 과실나무와 각종 채소를 심는다. 고구마를 캐거나 고추를 따야 할 때면 항상 딸들을 데리고 간다. 건강한 식재료가 어떻게 우리의 식탁으로 오는지 그리고 얼마나 농부의 땀이 값진지 직접 경험하게 하고 싶은 마음일 것이다. 우리 주변에 이렇게 멋진 아빠들이 있다.

나의 텃밭 이야기

김유나

높은 아파트가 건조한 숲을 이루는 도심에서 푸르름이 만들어지는 곳, 바쁜 걸음을 붙잡아 씨를 뿌리고 열매를 맺게 하는 곳, 땀의 가치와 자연에서의 쉼을 동시에 느낄 수 있었던 곳인 텃밭에서의 '나의 이야기'이다.

언택트untact 시대가 가져온 새로운 컨택트contact

갑자기 찾아온 불청객인 코로나19는 우리 모두의 일상을 바꾸어놓았다. 마스크를 3년째 쓰고 있는 지금, 마스크 없는 일상이 어떠했는지 기억조차 나지 않는다. 이전에는 잘 들리지도 않았던 누군가의 기침 소리가 코로나19 이후에는 조용히 있던 자리를 뜨게 만드는 경고음으로 바뀌었다.

소중했던 일상을 송두리째 빼앗긴 기분이 드는 시기인 게 분명한데 되돌아보니 모든 것을 잃었다고만은 할 수 없다. 배달음식으로 가정에서 외식 분위기를 내는 데 익숙해져갈 즈음에 새로운 인연을 만났다. 외출조차 자유롭지 못한데 새로운 인연을 만난다는 게 좀 이상하게 들릴 수 있겠지만 코로나19가 아니었다면 우리의 '이웃'으로의 만남은, 그리고 나의 텃밭 기록은 시작되지 않았을지도 모른다.

2020년 3월 어느 날, 퇴근을 하는데 빌라 주차장에 귀여운 아이와 엄마가 앉아 있는 것을 보았다. 주차장 한구석 작은 의자에서 건물주 아주머니와 이야기를 나누고 있었다. 이후로 몇 번 더 마주치면서 '안녕하세요' 하고 자연스럽게 인사가 오갔고, 은우라는 이름의 네 살 난 아이와 엄마인 리리 씨가 2층에 산다는 것을 알았다. 주차장에서 오며 가며 나눈 이야기가 쌓이고 쌓여 서로의 집을 방문하는 사이가 되었다. 사실 이 시기에 아이를 데리고 마땅히 나갈 곳이 없었고, 나갈 수도 없어 은우는 출근 시간 이후 텅 빈 주차장을 놀이터 삼아 놀았다. 어린이집도, 백화점 문화센터도, 정말 가까이에 있는 도서관도 가지 못해 주차장에서나마 잠시 외출의 기분을 느꼈을 것이라 짐작해본다.

내 삶에도 많은 변화가 생겼다. 일을 줄이고 학업에 많은 시간을 할애하면서 집에 있는 시간이 길어졌다.

게다가 코로나19로 인해 학교와 도서관에 가는 것조차 자유롭지 못해 더 많은 시간을 집에서 보냈다. 사실 나에게 있어 집은 잠자는 곳으로서의 기능이 거의 전부인 공간이었다. 밖에서 보내는 시간이 대부분이고 집에 하루 종일 있는 것이 어색하게 느껴지는 삶을 오랫동안 살아왔다.

논문을 쓰고 박사과정 진학을 준비하면서 처음으로 집이 '집'처럼 느껴졌다. 이 시기 나에게 따뜻한 인사와 직접 만든 '집밥'을 나눠준 리리 씨는 진짜 '이웃'이 되었다. 사전적인 의미의 이웃이 아니라 '응답하라 시리즈'에 나오는 그런 '이웃' 말이다. 3층에도 예쁜 딸아이가 있는 가정이 이사 왔는데 마침 은우와 동갑이라 그들도 친구가 되었다. '동네친구', '이웃사촌'이라는 말들이 사라지는 지금 시대에 불청객 바이러스 덕에 동네에 사는 친구, 사촌 같은 이웃이 생겼다. 세상에는, 그리고 인생에는 참 아이러니한 일들이 가득하다.

각자의 바쁜 삶 가운데에서도 거의 매일 서로 안부를 묻고, 맛있는 것을 나누어 먹었다. 여전히 바이러스로부터 자유롭지 못했지만.

봄, 봄이 왔다. 2021년 봄, 다섯 살이 된 은우는 유치원에 가기 시작했고 그 덕분에 리리 씨에게는 처음으로 은우 없이 보내는 시간이 생겼다. 봄바람 살랑이던 어느 날, 텃밭 고수인 건물주 아주머니를 따라 아주머니 텃밭 근처에 리리 씨도 본인의 텃밭을 얻었다는 소식을 접했다.

리리 씨를 따라 모종가게에 간 날, 나도 덜컥 텃밭을 얻었다. 솔직히 자신이 없었다. 하지만 우려하는 마음과는 다르게 나는 꽤나 적극적으로 밭일을 시작했다. 삽을 들고, 퇴비를 뿌리고, 땅을 뒤집었다.

그렇게 나의 텃밭 기록은 2021년 4월 시작되었다. 사진도 좋지만 글로 남기고 싶었다. 텃밭을 일구는 과정이 때로는 너무 즐겁고, 때로는 너무 속상해서 어디에라도 기록해두고 싶었다. 뒤돌아보니 텃밭 기록은 자라는 작물의 성장기이면서 나의 성장기이기도 했다. 나 스스로 '성장했다'라고 단언할 수는 없지만 텃밭을 통해 새로운 경험을 하고, 새로운 사람을 만나고, 더 새로운 생각을 하고, 더 넓은 것에 관심을 가져 행동하게 된 것은 분명하다. 나의 텃밭 이야기는 작물이 열매를 맺기까지 찰나의 기록이자 나의 일상 여행기이다.

뭐든 반복하면 기술이 생긴다, 요령이 기술이 되는 순간

삽질을 신나게 했다. 삽질을 한 첫날은 정말 신났다. 이 밭이 내 밭이라는 사실을 인지하고, 이 공간 안에서 쑥쑥 자랄 작물에 대한 상상을 동시에 했다. 요령이 없는 나는 손바닥에 물집이 크게 잡혔고, 온몸이 뻐근했다. 특히 허벅지 근육통이 심하게 와 며칠을 이상한 자세로 걸어야 했다.

첫 밭갈이 이후로도 삽질은 여러 번, 생각보다 자주 해야 했다. 작물을 새로 심을 때마다 땅을 뒤집어줘야 했고, 비료며 퇴비를 줄 때마다도 삽질은 필요했다.

삽질은 정말, 삽질이다. 다른 말이 필요 없고 그 자체로, 그 어떤 일보다 힘들었다. 생각해보면 일상생활에서 삽질 또는 그 비슷한 자세를 취할 일이 없다. 그래서인지 삽질을 하고 나면 매번 근육통이 찾아왔다.

그런데 이런 삽질도 자주 하니 요령이 생겼다. 제법 자세가 나오고, 누르고 당기는 힘의 강약도 조절할 수 있게 되었다. 여전히 근육통에서 자유로워지지는 못했으나 전처럼 오래 머무르지는 않았다. 삽질을 하다 잠시 허리를 펴고 주변 텃밭을 둘러보다 보면 감탄이 나온다. 텃밭을 오래 한 사람들의 자세는 한눈에 봐도 달랐다.

올해 밭을 정비할 때 작년 처음 삽질을 했던 날이 떠올랐다. 마음만 급해서 땅이 가스를 빼낼 시간조차 주지 않은 채, 비료만 믿고 바로 모종을 심었다. 준비되지 않은 땅에 심은 상추는 다행히도 잘 자랐다. 하지만 상추를 빼고는 잘 자라지 못했다.

삽질에 요령이 생긴 만큼 농사에도 요령이 붙었다. 작년의 실패가 알게 모르게 자양분이 된 게 분명하다. 올해 내 텃밭의 시작에는 가스를 빼내는 2~3일의 시간이 더해졌고, 모종을 심는 간격이며 위치 선정뿐 아니라 고랑과 이랑 만들기에도 좀 더 숙련되었다. 처음 해본 일도 반복하면 요령이 생기고 그 요령이 연마되면 기술이 된다.

아이들에게 있어 텃밭은 자연학습장이다

요령이 생기고 요령이 기술이 되는 시간 동안 작물들은 꽃을 피우며 잎이 무성해지고 열매를 맺었다. 벌들이 꽃들을 방문하고 꽃과 꽃 사이를 바삐 날아다니더니 얼마 뒤 꽃 아래 아주 작게 참외와 수박이 달렸다.

내 눈에도 신기한 이런 과정이 아이들 눈에는 얼마나 신기할까? 텃밭은 아이들의 훌륭한 놀이터이자 체험의 장이다. 내 텃밭에는 예쁜 아이들이 종종 다녀갔다. 같이 텃밭을 하는 리리 씨의 아들 은우, 3층 혜진 씨의 예쁜 딸 아윤이 그리고 내 밭의 일부를 같이 가꾼 정화 언니의 아들 지호까지 동갑내기 아이 셋이 번갈아 방문했다.

아이들의 관심사는 제각각이다. 2년째 텃밭을 함께하는 은우는 제법 텃밭 전문가 느낌이 난다. 여기에 무엇을 심었고, 얼마나 자랐고,

지난번하고 이번하고 뭐가 다른지 척척 설명해낸다. 나와 리리 씨가 허리를 굽힌 채 열심히 밭일을 하고 있으면 은우는 가끔 '엄마, 이모, 하늘 좀 봐봐. 너무 예쁘지?' 하고 말한다. 다섯 살 아이의 노래 가사처럼 들리는 이 말 덕분에 우리는 정말로 굽혔던 허리를 펴서 하늘을 보곤 한다. 텃밭의 낭만까지 알아버린 은우, 이렇게 은우는 텃밭에서 몸도 마음도 감성도 자라고 있다.

3층의 아윤이는 2021년 텃밭을 함께하고 그해 겨울에 이사를 갔다. 친정이 서울인지라 그 이후로도 몇 번 만났고 자주 이야기하며 지낸다. 텃밭에서 아윤이와 은우의 추억은 아이들의 것이기도 하지만 엄마들의 추억이기도 하다. 은우는 여전히 텃밭에 가면 아윤이 이야기를 한다. 나 역시 아윤이의 짧고 통통한 그리고 왕보석반지로 멋을 낸 손가락이 그립다. 그 작은 손으로 야무지게 씨앗을 심었는데 하면서 말이다. 서울에서 만난 세 가족이 텃밭 농사로 추억을 공유한다.

정화 언니의 아들 지호는 곤충만 본다. 뭐든 자기 손으로 직접 만지고 잡는다. 밭에 올 때면 항상 곤충채집통을 가져왔다. 잠자리채도 가져왔고. 덕분에 정말 오랜만에 잠자리채를 봤다. 아이들의 눈에 곤충은 그냥 곤충일 것이다. 무서운 것, 만지지 말아야 하는 것이라는 어떤 기준 없이 새롭고 신기한 것, 알고 싶고 만져보고 싶은 자연의 생명체일 것이다.

나는 벌레 앞에서는 완전 겁쟁이가 된다. 배추벌레는 눈에 보이는

대로 잡아야 하는데, 사실 잡으면 그 배추는 건질 수 있을지도 모르는데, 그 벌레를 내 손으로 직접 잡기가 겁이 나 배추를 뽑아서 버려버렸다. 이런 나를 지호가 봤으면 웃었을지도 모르겠다.

아이들에게 있어 텃밭은 횡단보도만 건너면 대단지 아파트들이 기세등등하게 펼쳐져 있는 서울 도심 한가운데에 버젓이 살아 숨 쉬고 있는 자연학습장이다. 새와 곤충이 있고, 예쁜 꽃들과 드넓은 하늘이 펼쳐져 있는 곳. 책에서 본 것들이 실재하는 곳. 그래서 더욱 소중한 장소가 되고 특별한 추억이 될 것이다.

사마귀와 까치, 맹꽁이와 함께하는 텃밭

곤충 이야기를 좀 더 하자면, 한 번은 너무 놀라 뒷걸음을 친 적도 있다. 메뚜기와 여치에, 여기저기 집을 지어놓은 거미에는 어느 정도 익숙해졌지만, 처음 본 사마귀의 웅장한 자태는 소리 없는 비명을 지르게 했다. 고추를 따기 위해 몸을 숙인 순간 내 눈 바로 앞에서 마주한 사마귀, 너무 놀라 아무 소리도 내지 못한 채 뒷걸음쳐 밭을 나왔다.

몇 분의 시간이 흘렀을까, 가까이서 다시 한 번 보고 싶었다. 지금까지 이렇게 사마귀를 가까이서 본 적이 있었나 하는 생각이 들었다. 텃밭이 아니면 만나지 못했을 손님처럼 느껴졌다. 용기를 내서 다시 한 번 사마귀에 다가가 천천히 본 후, 연신 사진을 찍어댔다. 사마귀가 괴물이 되어 나를 공격할지도 모른다는 이상한 상상이 들어 더 가깝게

는 다가가지 못하고 카메라의 줌 기능에 의존해서 찍었다. 확대해서 본 사마귀의 자태는 웅장하고 멋있었다. 이 구역의 멋쟁이 신사 느낌이랄까?

배추벌레만큼이나 내 속을 썩인 게 또 있다. 까치는 정말이지… 더 이상 반가운 손님이 아니다. 씨앗을 뿌려놓으면 기가 막히게 알고 찾아와서 다 쪼아 먹는다. 밭을 온통 헤집어놓는 이 새들이 모르기는 몰라도 수확량에 꽤 큰 영향을 주었을 거다. 기가 막히게 잘 익은 딸기도 익는 족족 쪼아 먹는다. 아예 이 녀석들은 텃밭에서 만찬을 즐긴다.

그렇다고 텃밭에서 본 생물들이 다 무섭고 싫었던 것은 아니다. 고마운 감정이 들었던 생물도 있는데 바로 맹꽁이다.

어느 날, 리리 씨가 한 장의 사진을 보냈다. 처음에는 이게 뭐지 싶었는데, 리리 씨 말로는 내 밭에서 맹꽁이를 보았다는 거다.

맹꽁이? 살면서 맹꽁이를 한 번이라도 본 적이 있었나? 맹꽁이를 검색해보니 멸종위기 야생생물2급이란다. 이렇게 귀한 친구가 내 밭에 있었다. 삶의 터전을 도로와 아파트가 점령해버려 갈 곳이 없는 생물들이 이 작은 텃밭에, 그나마 풀이 자라고 물기가 있는 곳에서 버티며 살아가고 있었다.

씨앗은 자라 무성하게 호기심의 가지를 뻗었다

텃밭에서 나는 많은 것을 배웠다. 우선 어린아이부터 노인에 이르

기까지 거의 모든 세대를 한곳에서 보면서 조화로움, 소통을 알았다. 세대 간의 갈등과 경계는 보이지 않는다. 작물도 텃밭 주인의 성향에 따라 실로 다양하다. 처음 보는 작물도 있었고, 내가 좋아하는 작물의 생육 과정을 눈으로, 몸으로 직접 확인할 수 있기도 했다.

지금 내가 사는 지역에 대한 관심도 텃밭으로부터 비롯되었다. 환경에 대한 관심은 물론이고, 바른 먹거리에 대한 생각과 기후변화에 대한 의견도 텃밭 활동이 그 씨앗이 되었다. 내 마음에 뿌려진 이 씨앗이 자라서 농부에 대한 관심으로 이어졌고, 농부들의 삶에 대해 알고 싶다는 호기심으로 무성하게 가지를 뻗어 인터뷰를 기획하게 되었다.

개인적인 연구 주제에 해당하는 활동적 노화에 대한 생각과 일상생활에서 발생하는 학습의 형태에 대한 아이디어도 얻었다. 덕분에 논문도 많이 찾아보았다. 가드닝이 정서에 미치는 영향, 아이들의 식습관에 미치는 영향, 활동적 노화에 하는 기여 등, 도시환경과 경제학 분야에서 발표되는 논문들까지 섭렵했다. 이렇게 쭉 나열하니, 마치 텃밭 예찬론자처럼 보일 것 같아 조금은 걱정이지만 텃밭 일로 흘리는 땀만큼 얻은 것이 많다. 무엇보다 나도 텃밭을 가꾸는 2년 사이 조금 자란 것 같다. 관심이 자랐고, 의식이 자랐으니 성장한 게 맞다. 작물이 자라는 것처럼, 나와 아이들 그리고 텃밭을 가꾸는 모든 사람은 그렇게 성장하고 있다.

기다림 없이 열매 맺는 것은 없다

나는 성격이 급하다. 그런데 이런 평가를 내가 스스로 내린 적은 없다. 남들이 성격이 급하다고 하니, 아… 내가 타인에게는 그렇게 보이는구나 하고 생각했을 뿐이다. 그런 평가에 대해서 좋거나 싫거나 하는 어떤 의미도 부여한 적이 없다. 그런데 텃밭을 하면서 내가 급한 성격이구나 하고 스스로 느낀 적이 몇 번 있었다. 대략 이런 경우다.

- 오늘 퇴비를 뿌렸으니 흙을 뒤집고 바로 씨앗을 심자.

(무슨 소리야, 2~3일 가스가 빠지기를 기다려야지.)

- 씨앗을 심은 지가 언제인데 왜 아직도 새싹이 안 나오는 거야?

(무슨 소리야, 씨앗을 심은 지 이제 겨우 며칠 지났을 뿐인데.)

- 호박꽃이 이렇게 많이 피었는데 왜 호박은 몇 개 안 열리는 거야?

(워워, 진정해. 참외 꽃이 무진장 피었지만 참외는 10개도 안 열렸잖아.)

- 이제 토마토가 빨갛게 익을 때도 된 거 같은데, 왜 아직도 녹색이지?

(하나의 모종에서 거의 동시에 열린 토마토라도 익는 속도는 다르다는 사실.)

반대의 경우도 있었다. 깻잎과 옥수수가 그러했다. 갈 때마다 키가 쑥 자라 있는 깻잎과 옥수수를 보면 '나는 심기만 했을 뿐인데'라며 머쓱해지기도 했다. (심지어 올해는 깻잎을 심지도 않았는데 어딘가에서 싹이 올라와 무럭무럭 자랐다.) 하지만 생각해보면 깨를 털 수 있기까지는, 옥수수수염 색이 변해 진짜 옥수수를 수확할 수 있기까지는 기다림이 필요했다. 나는 참 어리석게도 자연의 시계로 생각하지 못했다. 인간이 정해놓은 시간의 구획, 더 정확히 말하면 나의 시계로 시간을 계산할 뿐이었다.

자연의 속도는 인간이 느끼기에 때로 너무 느리고 때로 너무 빠르다. 자연의 시계는 자연의 속도로 흐른다. 그때를 자연의 시계로 기다릴 줄 아는 것이 농부에게 필요한 용기이자 가져야 할 미덕일 것 같다.

그래도 한동안 텃밭은 일주일 먹을 수 있을 적당한 양의 먹거리를

제공해주었다. 남는 것은 나눴는데 그 기쁨과 재미도 쏠쏠했다. 내가 먹고, 내 가족에게 주고, 이웃하고도 나눌 수 있는 무언가가 만들어지는 곳, 그곳이 바로 텃밭이다.

누군가 삶은 선택의 연속이라고 했다. 선택하고 실행했으면 그다음은 기다림이다. 우리가 '결과'라고 부르는 모든 형태의 것들이 만들어지기까지는 반드시 기다림이 필요하다. 밭에 비료를 넣고 가스가 빠지기를, 씨를 뿌리고 새싹이 나오기를, 열매가 맺히고 커지기를 그리고 먹을 수 있을 정도로 익기를 기다린다. 심지어 마늘은 겨울에 심어 다음 해 초여름 수확까지 한 해를 넘길 정도로 기다려야 한다.

내가 제일 못 하는 것 그래서 나에게 제일 필요했던 '기다릴 줄 아는 것'을 텃밭에서 배웠다. 이 글을 읽고 있는 그대가 만약 나와 같은 성급한 성격의 소유자라면 베란다 텃밭 세트를 구매해보기를 추천한다. 하나의 작물이 완전한 성장을 이룰 때까지 기다림의 즐거움을 경험할 수 있을 테니까.

내가 온전히 나일 수 있는 공간

내가 텃밭을 한다고 했을 때 가까운 사람들이 가장 크게 놀랐다. 올해는 집에서 보내는 시간이 많았지만 그전까지는 달랐다. 요리를 못하는 사람들도 요리에 관심을 가진다는데 그동안 내 집 식기들은 한가했다. 나는 요리하는 것을 싫어하지는 않는다. 내가 했다고 해서 맛이 없는 것 같지도 않는데도 자주 하지 않는다. 그런 내가 텃밭을 한다고 하니 주변 사람들이 놀라는 것은 어찌 보면 당연했다.

공부를 하다 보면 한숨이 나올 때가 많다. 공부가 싫어서라기보다 그 과정이 예상치 못한 방식으로 꼬이거나, 그로 인해 머리가 복잡해질 때가 있고, 어떤 학자의 어떤 이론이 머릿속에서 전혀 정리되지 않아 더 공부해야 할 것이 생기기 때문이다. 그럴 때마다 이게 나의 한계는 아닐까 생각하며 머리를 부여잡고 좌절하기도 하고 절망감에 빠지기도 한다.

그럴 때는 두 가지 일이 일어난다. 첫 번째는 머리가 갑자기 정지되어서 아무것도 안 하고 있지만 더 안 하고 싶어지는 경우이다. 두 번째는 한꺼번에 너무 많은 생각을 동시에 하면서 뇌가 과부하를 일으키는데도 미처 종료 버튼을 찾지 못해 열이 계속 새어나오는 경우이다.

이럴 때는 텃밭에 간다. 땡볕일 때도 가고, 비가 와도 가고… 심지어 너무 늦어 아무도 텃밭에 없을 때도 간다. 학교 갔다 집에 가는 길에도 들르고 학교 가기 전 텃밭을 들렀다가 아예 학교에 안 간 적도 있다. 노트북 가방을 메고 도서관에 가는 길에, 도서관을 나서던 길에도 그냥 간다. 텃밭으로 향하는 그 길이 좋다. 그 길 위에서 듣는 노래가, 주변을 보며 하는 생각이 좋다. 텃밭에 가서 자라는 작물을 보고 시원하게 물을 한 번 뿌려주면 조금 전까지 나를 가득 채운 어리석었던 생각들이 사라지고는 했다.

짜증은 내어서 무엇하리, 할머니의 가락을 텃밭에서 읊조린다

할머니는 밭일을 본인의 힘으로 움직이지 못하게 되기 전까지 했다. 밭에서 키운 작물은 가족의 먹거리가 되고 할머니의 쏠쏠한 용돈벌이도 됐다. 가족 모두의 만류에도 할머니는 고집을 부리며 끊임없이 밭일을 했다. 아무도 그 고집을 꺾을 수 없었는데 본인의 몸이 더 이상 말을 듣지 않자 그제서야 내려놓으셨다.

할머니에게 내 텃밭 사진을 보여주었다.

'옴메, 뭔일이야. 고추도 심고~ 상추도 심고 옴메!'

칭찬에 인색한 할머니의 이 말은 엄청난 칭찬이다.

이후로도 나는 할머니와 마주할 때마다 나의 텃밭 사진을 보여주었다. 청소년 시절에는 그렇게나 할머니가 밭에 가자고 할까 봐 일부러 피해 다녔으면서도.

'2시간이면 끝난다잉, 일도 아니여.'

집에서 TV를 보며 놀고 싶은데, 이 말에 속았던 적이 몇 번 있었다. 그러고 보니 소나기가 내리려는 조짐이 보이면 동생들과 빗자루를 들고 뛰쳐나가야 했던 기억도 떠오른다. 뜨거운 가을 햇볕 아래에 펼쳐놓은 고추를 쓸어 담아야 했으니까. 겨울이 되면 집 안에 퍼지는 메주 냄새도 정말 싫었다. 메주가 걸려 있는 게 보이면 외투에 냄새가 밸까 봐 신발을 벗음과 동시에 얼른 옷을 벗어 둘둘 말아 들었다.

할머니의 메주는 인기가 많았다. 해마다 찾는 사람들이 있어 그걸 자랑으로 여기며 한 해도 거르지 않고 콩을 삶고 밟아 메주를 띄우셨다.

지나고 나니 다 후회가 된다. 나는 겨우 몇 번, 아주 짧은 기간만 할머니와 밭에 갔을 뿐인데도 아마도 정말 가기 싫어하던 내 표정을 할머니는 기억하고 있을 것이다. 그런 내가 텃밭을 한다. 물론 할머니의 밭에 비하면 정말 째깐하고, 할머니 말대로 일도 아닌 수준이다. 그래도 나는 이 텃밭 덕분에 마음껏 할머니를 기억하고 그리워한다. 상추쌈을 유난히 좋아했던 할머니가 그립다. 할머니라는 세 글자를 치는 지금 이 순간 키보드 위 손가락 끝부터 전해지는 떨림을 주체할 수 없을 정도로 보고 싶다.

텃밭에서는 혼잣말을 많이 한다

원래도 많이 하지만, 게으른 주인을 만나 고생하는 작물들을 보면 괜스레 미안한 마음이 들어 더 많은 말을 하고 온다. 며칠 못 간 날에는 밭 입구에서부터 '너네가 고생이 많다'라고 사과한다. 허리를 숙이고 고개를 파묻은 채 텃밭 일을 하다 보면 잡생각은 완전히 사라진다. 땀이 흠뻑 젖어 집에 돌아가려고 할 때 즈음에는 갑자기 기분이 좋아짐을 느낀다. 이렇게 흠뻑 젖을 정도로 일을 했다는 것에 대한 만족감인지, 잡생각이 사라져 상쾌해서인지 정의 내릴 수는 없지만 분명한 것은 나의 손길을 거쳐 자라나고 있는 작물들이 가진 에너지를 내가 받고 온다는 것이다.

이래서 농부가 농사를 짓는구나. 이래서 농부가 찍은 작물의 사진은 그토록 아름다운 거구나. 마치 사진작가가 하나의 피사체를 온전히 담아내고 싶어 몇 백 장을 찍듯이 농부도 그렇게 사진을 찍는다. 실제로 찍는 모습을 본 적은 없지만 내가 받아 본 농부의 사진들 속에는 그들의 수고와 사랑이 살아 있었다.

누구의 방해도 받지 않고 온전히 나일 수 있는 공간이었던 텃밭을 아마도 올해까지만 사용할 수 있을 것 같다. 지하철역이 들어서면 이 공유텃밭에 건물이 들어서고 시민의 편의를 위한다는 명목으로 다양한 부대시설들이 세워질 예정이다. 공원도 생긴다고 하는 것을 보면 정말 시민을 위한 편의시설이 맞기는 한 것 같은데 그럼 나는 앞으로 어느 곳에서 코스모스를, 잠자리 떼를, 그리고 높은 아파트에 가려지지 않은 하늘을 볼 수 있을까?

누군가는 땅값이 올라 환호를 하겠지만 나는 왠지 그보다는 아쉬움의 탄식이 더 클 것 같다. 서울시에서 정책적으로 도시농업을 장려하고 공유텃밭을 활성화한다는 것을 물론 알고 있다. 그나마 다행이다. 이름마저 귀여운 맹꽁이가 보호색을 뽐내며 머무를 수 있는 곳이 앞으로도 계속 서울 하늘 아래 있기를 간절히 바라본다.

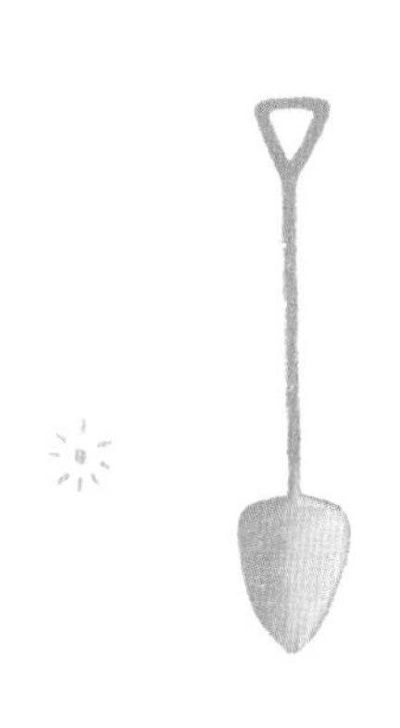

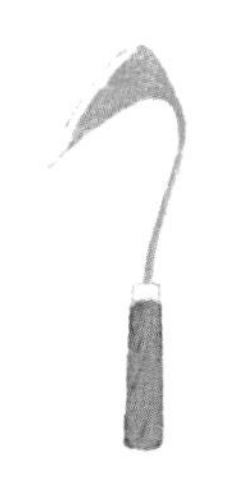

제2화

밭담 안 검은 흙을 일굽니다

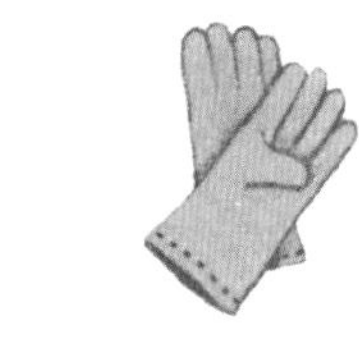

부부를 닮은 우주농장

우시영, 주은선

밭담이 이어진 제주 동쪽의 당근 밭, 아마도 가장 제주다운 풍경일 것이다. 검은 흙에서 자란 구좌의 흙당근은 이파리의 향부터 달랐다. 제주로 이주해 당근 농사를 짓는 부부를 만났다. 각자의 성을 따 '우주농장'이라는 멋진 이름의 농장을 운영 중이다. 제주에서의 농사 또는 삶을 생각해본 적이 있는 사람들 혹은 농부라는 직업으로 이직을 생각해본 사람들을 위해 더없이 진솔한 이야기를 들려주었다.

인스타그램: @farmer_wooju
네이버 스마트스토어: 우주농장

안녕하세요. 우주농장 농부님들, 만나뵙게 되어 반갑습니다. 간단한 자기소개 부탁드릴게요.

시영 저는 우시영이라고 합니다. 올해 38세이고 농사 3년차에 접어들었습니다. 원래는 육지에서 네트워크 관련 일을 했습니다.

은선 저는 36세이고 주은선입니다. 그래서 저희 농장 이름이 우주농장이에요. 저는 원래 보육교사 일을 했어요. 저희는 2015년에 결혼했고요.

세종시에서 생활하다가 갑자기 귀농해 제주살이를 시작하셨는데 어떤 계기가 있으신가요?

은선 저희는 사실 엄청나게 고민하고 결정한 건 아니에요. 근데 결혼하고 나서부터 노후 고민이 많기는 했어요. 우리가 몇 살까지 일할 수 있을까? 50대에 퇴직하면 뭘 해먹고 살아야 할까 하는 고민은 늘 있었는데… 그냥 뭐 쳇바퀴 굴리듯 살면서 이 고민이 이어져 오던 건 아니었지만 타이밍이 맞아들었던 거 같아요. 회사에서도 오래 일하다 보니까 지친 부분도 있었고….

어떻게 보면 변화가 필요한 시기에 딱 맞아떨어진 거네요.

은선 오, 맞아요.

시영 육지에서 타 직종으로 이직할 수도 있었어요. 그런데 또 언제 준비해서 타 직종으로 가나 싶었고, 새로운 곳에 적응하는 것도 현실적으로 문제였어요. 사실 그전까지만 해도 농사에 대해 깊게 생각해 본 적은 없었어요. 근데 이번 기회에 농사를 한번 지어볼까? 이런 생각이 들었고 아내와 이야기해서 진행하게 되었어요.

그런데 지금은 농사를 깊게 생각하시겠네요.

은선 지금은… 너무너무, 완전 깊게, 아니 그냥 그게 생활이에요.

시영 그게 전부니까…. 하하.

사실 전혀 다른 업종에 종사하셨던 두 분이라… 소위 말하는 맨땅에 헤딩한 격이네요.

은선 너무 모르니까 오히려 쉽게 결정했고, 처음 내려와서 1년 정도는 '뭐 농사 별거 아니네' 이런 생각이었어요. 동네 삼춘들이 뭐한다고 이렇게 내려와서 고생하냐고 계속 이야기하셨어요. 그런데 저희는 '이 정도면 할 만한데' 이랬죠. 제가 재작년에는 약 치고 키우는 것까지는 같이했지만 수확하는 힘든 일은 안 했어요. 그런데 작년부터 저희 작물을 수확하고 동네 언니들 밭일까지 도와주면서, 아침 6시부터 오후 5시까지 작업했어요. 여기 사시는 분들이 매년 하시는 패턴으로 살아보았더니 수확 시기에 육체적으로 엄청 힘들었어요. 정형외과를 계속 다니고 했죠. 이러다가 병원비가 더 나오겠다고 생각했어요.

병원에 다니셨어요?

은선 네네. 그런데 이게 1년 내내면 못할 거 같은데, 한두 달이니까 할 수 있는 거 같아요. 동네 언니들도 하시는 말씀이 똑같아요.

아무리 준비를 안 했다고 하지만 삶의 터전을 옮기는 일이었잖아요. 기본적인 준비는 하셔야 했을 거 같아요.

시영 저희가 이런(제주로 가자) 이야기를 6월에 처음 하고 나서 7월에 회사에 말하고 8월까지 일했어요.

은선 저는 7월에 그만두었던 거 같아요. 사실은 일을 그만두고 여행을 가려고 했어요. 한 달 정도 해외여행을 가려고 했는데 이주 준비를 하다 보니 돈을 쓰면 안 될 것 같았어요. 대신 제주에 와서 집을 구하고 리모델링하는 동안에 한달살기 식으로 세 달 동안 다른 곳에서 지내다가 지금 집으로 들어왔어요. 제주에 저희가 9월에 왔어요.

와… 정말 빠르네요. 6월에 이야기 나오고 9월에 오셨으니까, 결국은 세 달 안에 모든 과정이 끝났네요.

은선 하하. 이 집을 구한 것도 제주에 내려와서 집을 봤는데 없더라고요. 이 집 딱 한 곳 봤어요. 그래서 이 집으로 이사 왔죠.

제주가 서울의 세 배라고 하더라고요. 그런데 여기 구좌로 결정하신 이유가 있을까요?

은선 제주에 사는 거면 구좌가 좋겠다고 생각했어요. 저희가 이전에 제주에 엄청 많이 와본 건 아니지만 저희는 항상 동쪽으로만 다녔어요. 사람 많은 곳은 안 좋아해서요. 보통 다른 여행자는 서쪽 여행을 많이 하시는 것 같더라고요. 여기 살다 보니까, 서쪽도 관광지만 사람

이 많고 조용한 곳도 꽤 있더라고요.

저희는 가족이나 가까운 친척도 농사짓는 분들이 없으세요. 그래서 육지에서도 시골에 가본 적이 거의 전무하고 또 제주 하면 당근밖에 생각이 안 났어요. 그럼 당근 농사를 짓자 하고 보니 그 곳이 구좌더라고요. 되게 쉽게 생각했어요. 다른 선택지를 생각한 적이 없어요.

제가 지금까지 이야기를 들어보니까 현실에 좀 변화를 주자, 우리가 농사를 한번 지어보자, 그럼 제주에 가볼까 하고 6월에 이야기가 나와서 9월에 제주에 오신 거네요. 그것도 사람이 없는 동쪽으로 가자라고 생각하셨는데 마침 제주 하면 당근이니까 해서 여기 구좌에 오신 거고요.

은선 하하. 네, 맞아요.

엄청 명료하네요. 하하. 그런데 인터뷰를 하다 보면 순간의 선택으로 여기까지 왔다고 하시는 분들이 많은 거 같아요.

시영 맞아요. 그게 맞는 거 같아요. 고민이 많으면 실행을 할 수가 없어요.

여기서의 삶이 세종시에서의 삶과 어떤 차이가 있을까요?

시영 저희는 크게 다른 건 못 느끼겠어요. 회사 다녔을 때는 매일 고정된 시간에 출퇴근해야 했잖아요. 뭐 그런 부분에서는 지금의 생활에 좀 더 만족하는데, 또 막 밖에 돌아다니거나 하지는 않아서 여기 왔다고 해서 크게 달라지지는 않은 거 같아요.

은선 저도 그래요. 특별히 불편한 것도 없고요. 조금 불편하다고 하면 배달음식, 그것 하나? 치킨, 피자는 있는데… 육지처럼 막 다양하지는 않아요. 또 직장생활을 하다 보면 항상 시키는 일을 하는데 익숙하잖아요. 그런데 여기는 그런 게 아니니까 좀 불안하다고 해야 하나? 비도 안 오고 날씨가 이렇게 좋은데 집에서 놀아도 되나? 이런 생각에 마음이 좀 불편했던 것 같아요. 쉰다고 해서 제주도 어디 놀러갈까? 이런 생각을 사실 초반에는 못했어요. 마음의 여유가 없었던 거 같아요.

저희가 처음에 저희끼리 '우리가 40대가 되면 자리를 잡을 수 있게 해보자, 농사를 잘 지어서 제대로 정착을 한번 해보자' 이 목표 하나 갖고 내려왔거든요. 그러다 보니까 마음이 조급했던 거 같아요. 여기서 빨리 수익을 내서 생활이 가능하게 만들자라는 강박이 있었죠. 처음 내려왔을 때는 우리가 가져온 돈을 그냥 까먹고 있는 상황이잖아요. 이 돈이 바닥이 나기 전에 뭔가 만들어내야 했어요. 그런 이유들로 제주에 온 지 3년차가 접어들었지만 아직까지도 제주도를 제대로 돌아보지는 못한 거 같아요.

농사라는 게 아무래도 유튜브를 본다고 되는 건 아니고, 배워야 하는 거잖아요. 처음에 어떻게 시작하셨어요? 어떤 노력을 하셔야 했을 거 같은데요.

시영 처음에는 다 모르니까… 밭 갈고 파종하고 이게 기본인데 이런 걸 동네 청년회에서 농사짓는 형님들에게 배웠어요.

은선 저는 여기에 이사 오면 떡을 돌려야겠다, 떡을 돌리면서 인사를 해야겠다, 이런 생각이 있었어요. 누가 알려준 건 아닌데 그래야 할 것 같았어요. 그렇게 이장님을 만나고 마을 청년회 가입은 어떻게 하냐고 여쭤봤어요. 저희가 '농사를 지으러 왔습니다'라고 말씀드렸더니 동네 청년 중에 농사를 많이 짓는 분을 소개해주어 도움을 크게 받았어요. 지금도 받고 있고요.

사실 농사를 선택한 또 다른 한 가지 이유가 있는데 성격이에요. 남편이 막 말수가 많은 편이 아니에요. 살갑게 다가가는 스타일도 아니고…. 그래서 우리가 나중에 퇴직금을 받아서 장사는 할 수 없다고 생각했어요. 그런데 여기 와서 보니까 농사야말로 절대 혼자서 할 수 있는 게 아니더라고요. 그래서 성격을 바꿔야 했어요. 하하.

텃세라고 하는 것 때문에 정착에 어려움이 있다고도 들었는데 혹시 그런 건 없으셨나 봐요.

은선 아마도 저희가 장사나 이런 게 아니라 농사를 선택해서 그런 건 좀 없었던 거 같아요. 농사를 짓겠다고 젊은 부부가 왔으니까… 그래서 쉽게 마음을 열어주신 게 아닌가 하는 생각을 해요.

그럴 수 있을 거 같아요. 단순히 돈만 벌러 온 사람은 아니게 보였을 거 같아요.

은선 여기 분들이 하신 말씀 중에… '처음에는 농사짓는다고 찾아왔다가 나중에는 장사하더라'가 기억나요. 뭔가 배신당한 것 같은 느낌으로 말씀하셨던 거 같아요.

시영 저는 기계가 없으니까 처음부터 동네 형님들에게 일단 도움을 받았어요. 밭도 빌렸고요. 그러면서 많이 친해졌죠.

은선 저희가 사는 집 앞의 밭도 집주인 거예요. 저희가 농사지으러 오는 거니까 밭까지 같이 빌려달라고 말씀드려서 얻었어요. 운이 정말 좋은 거였어요. 특히 처음 농사 시작하는 사람들은 농지원부나 경영체를 받을 수 있는 농지를 빌리는 것이 어렵거든요.

농지원부나 경영체가 무엇인가요?

시영 농업경영체라고 해서… 이 사람이 농부인지를 증명해주는 거예요.

은선 임대계약서를 써야 저희가 경영체를 등록할 수 있어요. 그런데 사실 여기 제주 같은 경우는 계약서 쓰면서까지 밭을 임대하기가 매우 어려워요. 농지원부나 경영체 같은 경우 제주도민 사이트에서 열심히 알아보다가 농지원부해주는 밭이 있다고 해서 얻었어요.

농사 첫해에 농지원부를 해서 농사짓는 분들이 많지가 않더라고요. 땅을 구하기가 힘든데… 저는 정말 운이 좋게도 첫 해에 농지원부를 구할 수 있었고, 또 남편이 청년창업농 신청을 해서 청년창업농이 되었어요.

시영 청년 농부를 정부에서 키우는 방식의 지원인데 말 그대로 창업이잖아요. 내가 농사를 사업으로 시작한다는 거죠. 그걸 도와주는 지원사업이에요. 이게 되면 3년 동안 약 3,000만 원 정도의 생활비를 지원받아요. 1년차에는 매달 100만 원씩, 2년차에는 90만 원, 3년차에는 80만 원, 이런 식으로요.

농지원부(농지대장)

행정관서에서 농지의 소유 및 이용 실태를 파악하여 효율적으로 관리하기 위해 작성하는 장부의 일종. 농지를 소유한 소유권자 외에 실제 경작하는 사람이나 다년생식물을 재배하는 자를 대상으로 함. 임대차 여부를 농지은행 등을 통해 확인한 후 농지원부 등록.

농업경영체

농업경영체의 개별 정보를 통합 관리함으로써 농가 규모별·유형별 맞춤형 농정을 추진하고 정책자금의 중복 부당 지급을 최소화하여 정책사업과 재정 집행의 효율성 제고를 목적으로 함. ①1,000㎡ 이상의 농지를 경영하거나 경작, ②농업경영을 통한 농산물의 연간 판매액이 120만 원 이상인 사람, ③1년 중 90일 이상 농업에 종사 중 어느 하나에 해당해야 등록이 가능.

은선 여기서 제공하는 교육을 이수해야지만 이런 지원을 받을 수 있어요.

시영 매년 12월에서 1월에 공고가 떠요. 내가 어떻게 농사를 지을지 계획서를 써서 제출하고 서류가 통과되면 2월에 면접을 봐요. 면접까지 통과되어야만 합격이에요. 만 40세까지만 지원을 할 수 있어요.

은선 지원 자체가 전업으로 농사만 지어야 가능해요. 내 농사, 내가 직접 농사짓는 사람만 신청할 수 있어요.

면접까지 통과해야 하는 절차가 있는지 몰랐어요. 어떠셨어요?

은선 면접을… 하하… 같이 가서 제가 밖에서 기다렸어요. 오빠가 엄청 긴장했나 봐요. 저희가 준비할 수 있는 기간이 촉박했거든요.

시영 제가 처음에는 이런 걸 전혀 몰랐어요. 그런데 농사를 지으면서 제주도 홈페이지를 열심히 보다 보니까 이런 사업이 있다는 걸 알았죠. 나는 나이가 되는데 준비한다고 될까? 이런 생각을 하면서 일단 제 계획을 써내려갔어요. 앞으로 5년 동안 내가 어떻게 농사를 지어서 자금을 운용하겠다. 지원 내용 중에 3억 대출이 있어요, 저리로. 그렇다 보니까 이걸 이용하려는 사람이 있는 거죠. 내기는 냈는데 문자가 안 오는 거예요. 뭐 이거 되겠어? 이렇게 생각도 했죠. 그런데 문자가 왔어요. 하하. 그래서 면접 예상 질문에 맞게 준비를 했어요. 내용을 써놓고 달달 외웠죠.

은선 남편이 엄청 긴장을 했죠. 혼자 다리 막 떨고.

사실 저희가 나이 들면서 면접 볼 일이 별로 없잖아요. 막상 어떤 면접을 본다고 하면 저도 엄청 긴장될 거 같아요.

시영 면접 보러 들어가서 질문을 받으니까 머리가 하얘져가지고… 지금 되돌아보면 아무것도 기억이 안 나요. 뭐라고 했는지 아직도 모르겠어요. 이상한 소리를 한 거 같아요.

이 지원이 많은 도움이 되었을 거 같아요.

시영 그렇죠. 특히 생활비 부분에서 큰 도움이 되었어요.

은선 없었으면 힘들었을 거 같아요, 정말.

교육은 어떤 것들을 받으셨나요?

시영 교육 내용은 다양했는데 재배 기술, 농기계 교육 그리고 친환경 교육도 들어가 있어요. 여기서 듣고 싶은 걸 찾아서 들어야 해요.

은선 그래서 올해는 제주대학교에서 하는 친환경 농업대학을 다녔어요. 이건 추가로 신청해서 들었어요.

정착하는 데 정말 도움이 되었을 거 같아요. 지금은 귤 농사도 짓는 걸로 알고 있는데요.

은선 네. 귤밭은 성산에서 크지 않게 한 800~900평 정도 하고 있어요. 당근은 2,000평 했어요.

이 규모가 작은 거죠?

은선 네, 여기서는 농사짓는다 하면 1만 평 정도가 기본이에요.

그렇게 크게 하실 예정이 있으세요?

은선 그건 아니에요. 요즘은 저희에게 맞는 작목을 고민하고 있어

요. 우리와도 잘 맞고, 소득이 나는 그런 작물이 무엇일까? 이런 고민을 진지하게 하는 시점이에요. 하우스 시설 작물도 할 수 있고….

올해 특히 비가 많이 왔던 거 같은데, 농사짓는 분들은 절반은 하늘이 한다는 말씀을 하시더라고요.

은선 너무 맞는 말이에요. 특히 노지작물을 하다 보니까 날씨의 영향을 많이 받아요. 올해 가물어서 내년에 이렇게 해봐야지 이런 게 안 되는 것 같아요. 농사 첫 해에는 너무 가물었고, 2021년에는 비가 너무 많이 와서 힘들었어요. 하하. 그래서 2022년 올해는 어떻게 될지 모르겠어요. 농사를 짓다 보니까 기후위기라는 걸 체감하게 되는 것 같아요.

기후위기, 기후변화에 도시에 사는 사람들보다 직접적으로 영향을 받을 것 같아요.

은선 아침에 일어나면 날씨부터 확인해요. 구좌는 특히 바람이 많이 불어요. 매일 바람도 확인하죠.

시영 구좌는 북서풍이 많이 불어서 겨울에 더 추워요.

은선 그래서 하우스를 생각한 것도 있어요. 저희가 대출을 받을 수 있었잖아요. 그래서 대출을 받고, 정말 밭을 엄청 보러 다녀서… 밭을 샀어요. 결국은 다 은행 것이지만. 하하. 어떻게 이 대출을 갚을까 고민해요. 지금 그 밭에서 친환경 당근 재배를 하고 있어요.

친환경이 정확히 뭔가요?

시영 무농약, 유기농을 말해요. 내가 친환경이라고 해서 팔려면 인증을 받아야 해요. 인증을 안 받고 팔면 법의 제재를 받아요.

유기농 비료까지 인정이 되는 건가요?

시영 네네, 맞아요. 유기농 비료는 천연 광물이나 천연 재료로 만들어진 비료구요, 무기질 비료는 화학적으로 만들어진 거예요. 무농약은 농약은 못 쓰지만, 일반 화학비료의 1/3을 쓸 수 있어요. 무농약에

서 3년을 화학비료 없이 키워야 유기농으로 전환이 돼요.

은선 저희는 유기전환을 준비 중이어서 농약이나 화학비료 없이 키우고 있어요. 지금 판매하는 건 다 무농약이에요.

지금까지 농사지으면서 가장 힘들었던 기억이 있다면 말씀해주세요.

시영 작년 기준으로는 태풍이 제일 힘들었어요.

은선 사실 2020년에 비트를 심었던 밭이 태풍으로 다 잠겼어요. 밭이 바다가 된 거 같았죠. 신기하게 그 밭에 물이 빠지니까 비트가 살기는 살았는데, 상품성 있는 게 별로 많지 않았어요. 또 가을에는 너무 가물었어요. 그래서 당근 모양이 이상한 거예요. 그런 게 참 힘들었어요.

시영 보험이나 시 지원금으로 그냥 본전만 쳤어요. 그래서 2020년도에는 수익이라고 할 만한 게 솔직히 없었어요.

이제 보람을 여쭤보려고 했는데….

시영 그런데 그런 건 있어요. 저희가 판매를 했는데, 소비자가 '이 농산물 정말 맛있다'라고 후기를 써주셨을 때 보람을 느껴요.

은선 농산물이 그런 거 같아요. 저희가 100개를 팔면 100명이 사 드시는 게 아니라 30명이 세 번 구매하는 식이 많아요.

아… 일종의 단골이네요.

은선 네, 그런 것 같아요.

저도 귤을 먹어봤는데 적당히 달고 적당히 새콤한 거 같아요. 너무 달지 않아 좋았는데… 또 사려고 보니 이미 '솔드 아웃'이더라고요.

은선 아… 이번에 저희가 수확을 많이 못 해서… 저희가 귤을 수확할 때 직접 먹어봐요. 그래서 이 나무 귤이 맛있네 그럼 이 나무에서 따자. 이런 식으로 확인해서 판매해요. 조금 새콤한 맛이 있어야 저희 둘 다 맛있다고 느끼는 거 같아요.

이렇게 작업하신다는 건 결국 버리는 것도 많다는 뜻일 거 같아요.

은선 굉장히요. 그게 조금… 이번에 비가 정말 많이 와서, 귤은 물을 많이 먹으면 크기가 커지고 당도가 떨어지거든요. 저희가 '솔드 아웃' 이라고 해놓기는 했는데 실제로 귤이 엄청 남았어요. 남편이 맨날 저한테 돈 못 벌겠다고 해요. 제가 장사 처음 해봐서 그런가 봐요. 많이 버렸어요.

이 부부 정말 대단하다. 완전 다른 직종으로의 이직과 완전 새로운 곳에서의 시작, 이 두 가지를 동시에 해냈다. 그것도 아주 멋지고 유쾌하게. 인터뷰 내내 자신들의 일에 대한 애정과 확신이 느껴졌다.

결코 가볍지 않고 충분히 진지한 내용임에도 웃음이 끊이지 않았다. 긍정적인 사람들, 거기에 열정과 노력까지 갖춰져 있다. 무적이다. 앞으로 얼마나 멋진 농부로 성장할까 궁금해진다.

우주농장에서 받은 사진 중에 장작불 위에 올라간 귤이 내 상상력을 자극했다. 귤 구이는 어떤 맛일까? 귤 젤리 맛일까? 귤 농사짓는 농부들만 아는 별미겠지? 제주가 아무리 따뜻해도 겨울은 겨울이다. 패딩점퍼를 입고 장갑을 낀 채 따는 귤, 긴 작업에 언 몸을 녹여주는 따뜻한 귤 구이의 달짝지근한 맛을 상상해본다.

'솔드 아웃'이 진짜 '솔드 아웃'은 아니구나. 농부들의 '솔드 아웃'은 '내가 자신 있게 팔 수 있는 만큼이 다 판매되었습니다' 정도의 의미라는 것도 인터뷰를 통해 알았다. 모양이 안 예뻐도, 조금 덜 달아도 자연과 농부의 정성을 머금은 건강한 맛으로 많은 이의 사랑을 받기를, 그런 걸 당연하게 여기는 사람들이 많아지기를 바라본다.

귤 따는 것도 굉장히 힘들던데… 체험할 때는 자기가 따고 싶은 것만 따 가잖아요. 그런데 실제로는 나무 하나 전체를 따야 해서 힘들더라고요.

은선 네, 맞아요. 또 큰 거 딸 때는 가지 자를 때 힘이 많이 들어가서 손아귀도 굉장히 아프고요. 옷도 나뭇가지에 걸려서 다 뜯어져요. 그러면 테이프로 대충 붙이고 다시 작업해요.

소비자들이 그런 점들을 알고 단골이 되는 거 아닐까요?

은선 그렇게 생각해주시면 정말 감사해요. 당근도 그렇게 하거든요. 수확하고 나서 착즙해서 먹어봐요. '오… 오늘은 당근이 되게 맛있는 거 같아.' 또 맛없을 때는 '못 팔아, 이건 버려' 하고.

시영 그런데 가끔은 같은 당근을 보내도 어떤 분은 맹맛이라고 하시고 어떤 분은 굉장히 맛있다고 하세요. 그래서 걱정이 될 때도 있어요. 안 좋은 피드백을 받을까 봐.

은선 제가 먹어봐도 맛이 다를 때가 있어요. 그게 참 어려운 것 같아요. 매번 먹어봐요. 하하.

시영 농산물은 서울 가면 가격이 떨어져요. 도매시장만 가면 가격이 떨어져요. 팔 때는 비싸게 팔고. 왜 그런지 모르겠어요.

제가 요즘 농부님들을 만나고 또 제주에 있다 보니까… 파는 것도 너무 중요할 거 같다는 생각을 해요. 다 못 팔고 버리는 경우도 많고 너무 싸게 팔리면 그냥 농사지은 밭을 갈아엎기도 하고요.

시영 고정 판로가 없는 농부 같은 경우는 농협에 수매를 하는데, 당근은 올해 작년의 절반 값이에요. 인건비는 오르는데….

그래도 파는 수밖에 없잖아요.

은선 그렇죠. 인건비가 너무 많이 올랐어요. 코로나19 때문에 사람

구하기가 더 어려워요. 적어도 10만 원 이상은 줘야 해요. 바쁠 때는 더 줘야 하고요.

마지막으로 농사를 하고 싶어 하는 분들에게 어떤 말씀을 해주고 싶으세요.

은선 저는 적극적으로 권해요, 하고 싶은 분이라면. 가능하면 내가 겪은 경험을 좀 공유해서 도움을 주고 싶은 생각도 있어요. 농업이 미래라고 생각하면서. 하하.

시영 저희가 아직까지 노하우라고 말씀드릴 게 없기는 해요. 저는 그렇게 추천까지는 하지 않지만, 그래도 하고 싶다면 제대로 해보라고 하고 싶어요. 그냥 한번 해볼까? 어영부영하는 그런 마음 말고요. 저의 농사 첫 해처럼, 본전도 못 찾을 수도 있어요.

은선 그렇기는 해요. 그래도 원하는 사람이 있다면 반대하지는 않을 것 같아요.

농업이 미래다… 몇몇 분도 이 말씀을 하셨어요.

시영 우리가 아무리 수입을 많이 할 수 있더라도 국내에 우리 생산 기반이 없다면 의존할 수밖에 없잖아요. 이런 생산이 점차 줄어든다면 이 또한 식량위기를 초래하는 거고요. 그렇다면 농부가 조금 더 대우를 받아야 한다고 생각해요. 마지못해 하는 사람들도 있지만, 아닌 사람도 많거든요.

은선 많은 분이 농업이 미래라고 생각하시는군요. 그런 고집이 있어야 공부하면서 농사할 수 있는 거 같아요. 남들 따라 하는 관행적인 농사가 아니라 고민하면서 찾아보며 농사를 업으로 하는 거니까.

농부로서의 최종 목표가 무엇일까요?

시영 저는 항상 쓰는 말이 있어요. 저희 스토어에도 써놓았어요. **'안전하고 바른 먹거리를 생산하는 농부'**가 목표입니다.

은선 친환경이라고 하면 항상 더 비싸잖아요. 저희가 써보니까 유기농 비료는 정말 비싸더라고요. 올해 다 만들어서 쓰니 결과적으로 비용이 그렇게 많이 들지 않았어요. 그래서 우리는 이렇게 해서 친환경 제품을 합리적인 가격에 판매하자. 이런 이야기를 둘이 자주 해요. 우리가 장사꾼이라기보다는 농부니까 좋은 농산물을 생산하자.

시영 농산물을 겉모양만 보고 사지 않으셨으면 좋겠어요.

은선 유기농, 친환경 농산물은 비싸잖아라는 인식이 좀 개선되면 좋겠어요. 가격을 책정할 때 정말 고민을 많이 해요. 생산비가 더 들어가는 것도 사실이기 때문에 조금 더 비싸지만 또 막상 그렇게 큰 차이가 나지는 않아요. 건강한 먹거리를 생산하고 있는 것에 조금 더 관심을 가져주시면 좋을 것 같아요.

우주농장의 농부들과 인터뷰를 하고 글로 옮기면서 나는 어떤 소비자인지 자문했다. 유기농과 친환경이 당연히 좋다고 여겼지만 그게 어떤 의미인지 검색해본 적이 있었나? 좋은 건 알지만 그럼에도 비싸다는 인식에 구매를 망설였던 것도 같다. 건강에 대한 관심이 증폭되어서 영양제로 하루를 시작하고 마무리하는 현대 사회에서 왜 바른 먹거리를 먼저 생각해보지 않았는지 자책도 했다. 매일 나의 식탁에 올라오는 재료들 먼저 바른 먹거리를 고민하는 농부들에게서 나오는 것으로 채우자. 저마다의 영양소를 가득 담은 신선한 농산물이야말로 건강한 삶을 위한 첫 번째 선택이어야 하지 않을까? 도시에 사는 나는, 우리는 농부들의 이야기에 조금 더 귀를 기울일 필요가 있다고 생각했다. 나 역시 이번 인터뷰를 통해 농부들은 끊임없이 고민하고, 새로운 것을 배우며, 연구하고 있다는 것을 알았다. 단순히 농작물을 잘 키우는 것을 떠나 이제는 판매도 배우고 소비자와의 소통도 배워나간다. 요즈음 농부들은 전통적인 농협 수매 방식에서 벗어나 직접 판로를 개척해 나가고, 더 건강한 먹거리를 생산하기 위해 바쁘게 움직인다. 매년 피부로 느끼는 기후위기를 걱정하고, 대비하고 있기도 하다. 이런 맥락에서 우주농장의 부부에게서 많은 것을 배웠다. 나 또한 용기와 응원을 전하고 싶다.

구좌를 새롭게 디자인하다

김경수

자신이 가장 잘하는 것으로 농업을 이어가고 있는 구좌 김 반장, 김경수 님을 만났다. 웹디자이너로서 디자인 작업도 꾸준히 하고, 농업 교육을 기획하고 강의도 하면서 직접 농사도 짓는 요즘 말로 '프로N잡러'이다. 원주민과 이주민을 이어주는 다리 역할도 하고, 마을 구성원으로서 마을 이익을 창출하는 데 자신의 특기를 아낌없이 활용하려는 마음가짐과 태도로 다양한 사업도 진행하는 그의 일상은 조금 특별했다. 확고한 신념을 가지고 단 1초도 허투루 쓰지 않는 경수 님의 정말 바쁜 일상을 들여다보자.

인스타그램: @jeju.carrot.ticket
홈페이지: www.readfarm.kr

나는
C25

간단한 자기소개 부탁드릴게요.

안녕하세요. 저는 구좌에 살고 있는 김경수라고 합니다.

원래 제주도가 고향이신가요?

그건 아닙니다. 제주도에 오기 전까지는 서울에서 살았어요. 삶의 거의 대부분을 웹디자이너로 보냈어요. 우연히 제주도에 내려와 처음에는 5일을 보냈고, 그러다가 2주, 한 달, 마지막에는 1년 더 살아보자라고 결정한 이후에 지금까지 살고 있습니다. 제주에 있으면서 제주도만의 환경에 빠졌어요. 숲길, 돌담, 올레길뿐만 아니라 농작물인 당근, 무, 콜라비에도 관심을 가졌어요. 또 제주에서 만나는 사람들과 관계를 맺으면서 제주도가 더 알고 싶어졌습니다. 그 결과 지금까지 있게 되었어요.

그럼 언제 처음으로 내려오신 거예요?

2016년입니다. 제주에 연고가 전혀 없었기 때문에 사실 언젠가는 서울로 돌아가겠지라고 스스로 생각했던 것 같아요. 한달살기를 할

때까지만 해도 제가 이렇게 정착할 거라곤 생각하지 못했어요.

정착을 결심한 계기라든지 이유가 있을까요?

사실 저도 그 이유를 정확히 모르겠어요. 하하. 돌이켜보면 서울에서는 옆집에 누가 사는지 몰랐어요. 관심도 없었고요. 그런데 여기 제주는 제가 혼자 있어도 자꾸 사람들이 다가와서 물어요. 이웃이라는 개념이 살아 있어요. 서울에 있을 때는 회사 사람들 커뮤니티 말고 어떤 커뮤니티라고 할 만한 것들이 없었어요. 여기는 항상 마을 사람들과 지지고 볶는 일들이 생기더라고요. 서울도 예전에 저 어릴 때는 그랬죠. 하지만 점점 발전하고 도시화될수록 마을, 공동체 개념이 사라

진 것 같아요. 그런 공동체가 저는 좋았어요. 아마도 그게 가장 큰 이유일 거 같아요. 또 제가 이전에 서울에서 다니던 회사에서 여전히 일을 주고 있어요. 사실 저는 컴퓨터만 있으면 되는 직업군이다 보니 좀 더 정착을 쉽게 결정하기도 했어요. 아! 서울에서 거의 매일 운전하면서 외곽순환도로를 탔어요. 운전에 대한 스트레스가 많았죠. 그런데 제주도는 거의 그런 것도 없고요. 하하.

솔직히 정착 고민은 몇 년 동안 했던 거 같아요. 기존에 하던 일을 계속할 수 있으니 다시 서울로 가고 싶으면 언제든 갈 수 있다는 생각이 있었어요. 그 때문에 반대로 정착해도 되겠더라고요. 그래서 작년에 전입신고를 마쳤어요.

인스타그램의 피드에서 디자인 작업을 농산품을 이용해서 하신 걸 본 적이 있어요.

제가 아무래도 제품 디자인을 하다 보니까 농사 이외의 수익사업으로 무엇을 할 수 있을까 하다가 디자인 제품을 생각했어요. 농가를 도울 방법을 찾고 있었기도 했고요. 제주에 있으면서 농사 말고, 여기 특산물을 이용해서 디자인 제품을 만드는 것도 어떤 살아가는 방법이 되지 않을까 싶어 이런저런 시도를 해보고 있어요. 꼭 당근과 귤을 재배하는 것만이 답일까? 이걸 그려서도, 제품으로 만들어서도 농가 소득을 올리거나 마을의 수익사업을 할 수 있지 않을까 하고요.

생각해보니까 구좌 하면 당근인데… 마을 특산품을 마을 관광 상품으로 충분히 활용할 수 있겠네요.

사실 인스타그램을 그런 용도로 만들었어요. 사람들이 꼭 구좌에 당근 주스랑 당근 케이크만 먹으러 올 필요는 없잖아요. 그렇다면 당근을 이용한 여러 가지 것을 해볼 수 있지 않을까? 빵도 있고, 피클도 있을 테고… 이런 것들을 해보자 하고 시작했어요.

피클 만들기 원데이 클래스를 하신 거로 알고 있어요. 반응은 어땠나요?

너무 좋았어요. 참여하신 분들도, 강사분들도 다 너무 좋아하셨어요. 콜라비나 당근 피클을 하고 또 여기서 깻잎이 많이 나오거든요. 그래서 깻잎 페스토 만들기도 했어요.

깻잎이요? 당근이 대표 농산품이던데 생각보다 다양하네요. 콜라비에 비트, 그리고 깻잎도 있고요. 깻잎 페스토라… 신선하네요.

강사분이나 참여자분들이나 '마을에서 나오는 농산물을 직접 이용해서 이런 새로운 가치를 만들어낼 수 있구나'라고 생각해주신 것 같아요. 제가 강사에게 클래스 의뢰를 할 때, 구좌에서 나는 농산물만 이용해 진행해달라고 조건을 제시해요. 기획한 저도, 직접 강의하는 강사님도 구좌에 있는 것들을 한 번 더 생각하게 만드는 것 같아요. 마을

분들도 마찬가지이고요.

저도 참여하고 싶다는 생각을 했는데, 클래스에 그런 취지가 있는 줄 몰랐어요. 당근을 소재로 2022년 달력 제작하신 것을 보았어요.

네. 그것도 같은 맥락인데요. 저는 마을 사람들을 계속 알고 싶어요. 마을에 다양한 인적 자원이 있으니까요. 당근을 키워서 마을의 일원이 되기도 하지만 그려서도 마을에 기여할 수 있다. 이런 것을 보여드리고 싶어 당근의 생육 과정을 그릴 일러스트가 가능한 마을분을 찾았어요. 인스타그램을 통해서요.

인스타그램을 통해서요? 연락드렸을 때 그분의 반응이 궁금해요.

여쭤보지는 않았지만 아마 저를 사기꾼으로 보셨을 거 같아요. 하하.

여행 중 그 지역 독립서점을 항상 찾아간다. 제주에서도 제주 독립서점 지도를 들고 다니면서 일부러 찾아가기도 하고, 다른 일정 도중에 근처에 독립서점이 있으면 들르기도 한다. '제주 풀무질'도 몇 번 방문한 적이 있는 서점이었고, 내가 사랑하는 장소 중 한 곳이었다. 나는 이 서점에서 경수 님이 제작한 당근 캘린더를 받았다. 제주 방문 일정이 있다고 말씀드리니 경수 님께서 풀무질에 맡겨둘 테니 찾아가라고 했다. 제주에서 내가 가장 좋아하는 곳과 연결고리가

생기는 느낌이 들었다. 좋아하는 공간을 좀 더 특별한 공간으로, 이야깃거리가 있는 인연으로 만들어주는 능력을 가진 경수 님. 그런 능력으로 마을 안에서 사람과 사람을 잇는 역할을 멋지게 해내고 있다.

사실 농업 관련 교육을 하고 농사도 직접 짓는 걸로 알고 있는데요. 우선, 교육은 어떤 걸 하고 있으신 건가요?

거점농장에서 예비 귀농인들이 마을에 정착할 수 있게 교육을 해요. 거점농장 프로그램에 영농 교육도 있지만 마을 교육도 포함되어 있어요. 마을에 정착하면서 발생할 수 있는 여러 일들에 완충제 같은 역할을 한다고 생각해요. 이게 총 1년 과정이에요.

1년 과정이요? 상당히 긴 거 같아요.

일주일에 사흘을 진행하는데요. 이틀은 영농 교육을 하고 하루는 마을 교육을 해요. 영농 교육은 스물다섯 가지 작물의 채종부터 생육 과정 전체 한 사이클을 전부 해보는 과정이에요.

스물다섯 가지 작물을요? 그렇다면 1년이라는 기간으로는 부족할 수도 있겠네요.

네, 그렇기도 하죠. 하하. 마을 교육은 마을의 여러 기관들을 찾아가고 또 마을 주민들을 소개해드리기도 해요. 여기에 이런 기관과 이런 일을 하는 분이 있어요 하고. 사실 귀농귀촌의 가장 큰 문제가 적응을 잘 못해서 이탈하는 경우가 많이 발생한다는 건데요, 현재(2021년) 기준으로 거점농장을 2기까지 진행했는데 저희 프로그램에 참여하신 분 중에 아직 이탈하신 분이 없어요.

그럼 처음에는 어떻게 시작한 거예요?

'사회적 농장'이라는 지원사업이 있어서 지원을 하고 선정이 돼서 진행했는데 1년 후에 저희 프로그램 운영을 보고 제주도에서 거점농장으로 운영했으면 좋겠다는 요청이 왔어요. 그 이후로 제주도 귀농귀촌지원센터 거점농장으로 운영하고 있어요.

사실 웹디자이너로 전혀 다른 직업군에 있었는데 어떻게 이런 농업에 또는 농업 교육에 관심을 가지신 건가요?

디자이너다 보니까 기본적으로 호기심이 많은 것 같아요. 사실 저도 영농은 아직 잘 모르지만, 여기저기 열심히 찾아다니며 알고 싶어하니 주변 마을분들이 저를 좋게 봐주신 것 같아요. 제가 제주도에 처음 내려와서 들어간 회사가 영농회사이기도 했어요.

그 회사에서는 어떤 일을 하셨어요? 디자인?

거기서 홍보 마케팅을 담당했어요. 예전에 카카오파머라고 카카오가 제주도 농산물을 판매했는데 그곳과 협력관계에 있었어요. 그러다 보니 자연스럽게 마을과 접촉하게 되었죠. 마을 상품을 팔아주는 역할을 하니 마을분들이 저를 좀 더 편하게 봐주신 것 같기도 해요.

아, 그러다 보니까 자연스럽게 농산물 판로를 만드는 일을 하게 되셨네요.

네, 맞아요. 농사는 일단 파는 게 문제예요. 저는 농사를 시작한 이

농림부 선정 제주도 1호 사회적 농장

담을밭 사회적 농장 실천가 모집

#담을밭 사회적 농장은 #농업의 다기능성 #교육과 훈련 # 공동체 운영 #자립을 목적으로 합니다.
제주도 구좌읍에서 농림부 선정
담을밭 사회적 농장에서 사회적 농업을 이해하고 함께할 실천가를 모집합니다.

• **담을밭** 귀농귀촌인이 마을에 정착할 수 있도록 네트워크 형성에 도움을 주는 교육 농장

유가 판로는 자신 있다고 스스로 생각해서인데 막상 제가 지어보니까 한 번에 농협 납품하는 게 편하더라고요. 그런데 그렇게 하면 단가가 매우 낮아져요. 결과적으로 농가 소득이 줄어들죠.

사전 인터뷰에서 양배추 농사 말씀하신 게 떠오르네요.

제주도에서 양배추가 너무 많이 수확되어 1kg에 200원까지 가격이 내려간 적이 있어요. 대부분 산지폐기를 했어요. 그 장면을 보니까 너무 도움을 드리고 싶었어요. 그때 우리나라 양배추 관련 가공공장에

전화를 다 걸어보았습니다. 결과를 떠나서 도움을 드릴 수 있다는 것에 보람을 느꼈고 농부님들 역시 저의 마음을 알아주셨어요. 마을 형님들과 대화할 때 가장 큰 주제는 역시 농사예요. 우리는 키우는 건 자신 있는데 파는 게 어렵다고 하세요. 그렇다면 나는 파는 건 자신 있는데 서로 자신 있고 잘하는 게 다른 사람들끼리 모여서 어떤 시너지를 낼 수 있지 않을까 하는 마음으로 함께하고 있습니다.

생산자는 좋은 먹거리를 만드는 것에 집중한다면 또 누군가는 파는 것에 집중해야 하는 것 같아요. 그런데 농사도 짓고 있으시죠?

회사 다닐 때는 7년 정도 협력관계에 있는 농장들 관리 일을 했어요. 그러다가 제 이름으로 직접 농사 지은 건 1년 되었고요. 개인적으로는 성산에 있는 감귤 밭을 임대해서 감귤 농사를 짓고 약 1,000평 정도 종달리(구좌)에서 당근 농사를 합니다. 또한 농업법인을 운영 중인데 법인으로 수천 평 농사도 짓고 있습니다.

감귤과 당근을 선택한 특별한 이유가 있을까요? 법인도 궁금해요.

개인적으로 당근, 감귤 색을 너무 좋아합니다. 디자이너일 때 가장 좋아하는 색이었어요. 작업물 만들 때 많이 사용한 색이기도 했고요. 그래서 그런지 당근, 감귤이 무척이나 친근하게 느껴졌습니다. 법인으로는 무 농사를 크게 해요.

농사를 직접 짓게 된 계기라고 할 게 있나요?

전 직장에서 농산물을 수매하거나 판매할 때 생산자들에게 가장 많이 들었던 말이 "너는 농산물을 키워본 적이 없잖아?"였어요. 농사를 지어 전 과정을 알면 농부들을 더 이해할 수 있을 것 같더라고요. 마을 형님들과도 거의 매일 만나는데 형님들과의 대화에 끼어보고 싶기도 했고요. 하하. 비료, 날씨, 경운, 수매 가격 등등은 농사를 짓지 않으면 이해할 수 없는 내용이에요. 그래서 마을의 진정한 구성원이 되고 싶은 작은 소망으로 농사에 나선 것 같아요. 1년 동안 키워서 팔라고 하다 보니까 아까 말씀드린 것처럼 한 번에 팔고 싶어지더라고요. 한편으로는 농사를 직접 짓다 보니까 판매를 더 잘하고 싶은 마음도 생기고요. 여기 분들은 농사는 정말… 하하 정말 잘 지어요. 저까지 잘할 필요는 없는 것 같아요. 저는 농사가 농업으로 바뀌면 좋겠어요. 정말 수익이 나는 '업'이 되어야죠.

제품 디자인을 하다 보니 농가 디자인 제품으로 수익사업을 떠올리셨고, 또 이전 직장의 경험으로 판로도 만들려고 하시고, 그래서 홈페이지도 운영하시고, 직접 농사도 지으면서 영농 교육도 하시고, 일손이 필요한 곳에 도와주러 가시고…. 갑자기 영화 〈홍 반장〉이 떠올라요. 여기 구좌의 홍 반장 같아요, 경수 님이. 이곳에서 경수 님이 하는 모든 활동에 어떤 방향성이 있을까요?

네, 제 방향은 분명하게 있어요. 많은 활동을 하는 것 같지만 결국 마을과 관련된 것들이에요. 저는 마을에 청년들이 유입되는 게 너무 좋아요. 그리고 그분들이 다시 돌아가는 게 너무 안타까워요. 저는 판매라도 하니까 버틸 수 있는데 그분들은 버티기 힘든 부분이 있어요. 무조건 농사를 지으라고만은 할 수 없잖아요. 제주도 농사에 대한 청사진만 갖고 오는 분들이 있어요. 하지만 사실 땅 임대조차 쉽지 않거든요. 그래서 저는 청년들이 조금은 더 쉽게 정착하도록 가이드 역할을 하고 싶어요. 그분들을 조금이라도 오래 잡아두고 싶어요. 그 무수한 방법들을 저 스스로 찾고 검증하는 과정에 있다고 생각해요.

이곳 제주, 더 좁게 구좌에서 농부가 된다는 것은 어떤 걸까요? 또 농부가 되기를 희망하는 분들에게 어떤 말씀을 해주고 싶으세요?

저는 대한민국이 정해놓은 농부 기준에는 적합한 농부입니다. 하지만 마을에서는 농부라고 하면 일단 웃어요. 마을의 기준은 너무 높습니다. 지역마다 그 기준이 달라 다른 지역의 사정은 알 수 없지만, 농부가 되기를 희망하는 많은 분들에게 마을의 구성원이 먼저 되는 것도 좋은 방법 중 하나가 아닐까라는 제안을 드리고 싶어요. 또 최근에 드는 생각은 청년들이 마을에 들어와서 당근이나 감귤 농사를 짓는 것도 너무 좋지만 예를 들어 이런 것을 그려서 성공하는 청년 농업인이 생겼으면 하는 바람도 갖게 되었어요.

제작, 생산과 판매는 어쩌면 완전 다른 분야인 듯하다. 잘 만드는 것 만큼 잘 파는 것도 중요하다. 재배하는 사람은 재배를 더 잘하려고 노력하고, 파는 일을 하는 사람은 파는 것에만 집중하다 보면, 자기 것만 하다 보면 서로의 이해가 달라 엉뚱한 결과를 내기도 하는데, 경수 님만큼은 아닐 것 같다. 농사의 처음부터 끝을 알고, 농부의 마음을 잘 알기 때문에 판매를 더 잘하고 싶다는 욕심이 너무 고맙다. 인터뷰 중에도 경수 님의 휴대전화는 바쁘게 울렸다. 명절을 앞둔 시기라 박스 포장이 한창일 때라며 친한 농가에 박스 포장을 도우러 간다고 했다.

마을 사람이 된다는 것은 어떤 의미일까? 나 역시 도시의 삶에 너무 익숙해져 있고 그게 당연하게 여겨져 특별히 마을의 개념이 머릿속에 있지는 않다. 하지만 마을의 구성원이 된다는 것, 마을 공동체로서 모두가 협동하며 산다는 것, 혼자 살아갈 수 없는 인간의 가장 본연의 것은 아닐까 하는 생각을 했다.

그의 말은 유쾌했으며, 계획은 실천적이고 미래지향적이었다. 농촌은 나의 생각보다 역동적이고, 실로 다양한 인적자원들을 갖고 있다. 그런 것을 찾아 활기를 넣어주는 일을 하는 경수 님은 정말로 구좌에 꼭 필요한 구좌 사람이 아닐까?

제주에 머무르다

김유나

동서남북 각기 다른 매력을 가진 바다와, 섬 전체의 중심을 단단히 틀어쥔 한라산이 있는 제주도. 하지만 그것만이 전부는 아니다. 밭담이 이어진 제주도의 그림 같은 밭 풍경과 그 안에서 자라나는 다양한 작물들. 농업에 관심을 갖고 제주에 머무르니 이전에 보이지 않았던 제주의 면면이 보이기 시작했고, 제주 사람들의 삶이 보이기 시작했다. 눈과 가슴으로 담은 '나의 제주'를 함께 나누고자 한다.

텃밭을 시작한 2021년 이후 지금까지 2년 동안 꽤 여러 번 제주에 방문했다. 코로나19 이후로 해외여행을 못 가게 되어서이기도 했지만 방문할수록 마주하는 제주의 새로운 모습과 그 매력에 이끌려서이기도 하다.

마침 동생네 가족이 2021년 8월과 2022년 1월에 제주 한달살기를 했다. 머무를 곳이 생겼으니 비행기만 예약하면 되기도 해서 동생 덕분에 제주에 더 오래 머무를 수 있었다. 개인적으로 따로 방문한 것을 합치니 2년 동안 제주에 여섯 번 갔다. 관광명소를 찾아다니는 것은 이미 많이 해본 터라, 안 가본 곳을 찾아가 보기 시작했다. 목적지를 정하지 않고 그냥 걷기도 하고, 무작정 드라이브를 하며 들어가 보고 싶은 골목, 갑자기 나타나는 낯선 도로 위를 달리기도 했다. 그랬더니 보이지 않았던 것이 보였다. 어느 가이드북에도 소개되지 않은 오름에도 가보고, 관광객이 전혀 보이지 않는 바닷가에도 앉아 있어도 보고, 맛집으로 소문이 안 났으면 하는 동네 작은 식당에도 가보았다.

제주는 동네마다 느껴지는 정취가 다르다. 어떤 마을은 내가 정말 많이 와본 제주가 맞나 할 정도로 생경하기까지 했다.

어떻게 보면 4계절을 다 경험해본 셈이 되었다. 가을은 나에게는 가장 바쁜 시기인지라 가을 제주를 제대로 경험해보았다고 할 수는 없지만 어쨌든 여섯 번의 방문을 통해 매번 다른 색의 옷을 차려입은 제주를 마주했다. 같은 장소를 다른 계절에 방문해보는 것이 나와 남편의 의식이 되었을 정도로 제주는 늘 새롭게 매력적이었다.

사람마다 여행스타일이 다르다. 나는 한곳에 되도록 오래 머무는 것을 좋아한다. 정말 가보고 싶은 몇 군데를 정해놓기는 하지만 대부분의 일정은 그날 아침에 또는 그날 숙소를 나와 이동 중에 짠다. 몇몇 사람들은 비행기 값과 시간이 아깝지 않느냐고 묻는다. 시애틀에 있을 때에도 왜 시애틀에만 있느냐는 말을 들었고, 타이페이에 있을 때에도 왜 여기서만 있냐고 했다.

그냥 한곳에 일주일 머무르는 게 좋다. 돌아오는 비행기를 타기 전까지 많은 곳을 가보는 여행도 물론 그 나름의 좋음이 있겠지만, 나는 그냥 그 도시 자체를 즐기는 게 더 좋다. 하루쯤은 아무 일정 없이 무작정 걷다가 들어가 보고 싶은 가게를 들어가 본다든지, 현지인들이 가는 공원에 가서 현지인인 척 자리 잡고 앉아 사람 구경을 한다든지 하면서 말이다.

이런 스타일의 여행자이면서도 막상 제주도에서는 그렇게 해보지 못했다. 코로나19 이전의 제주 방문은 2박 3일 또는 3박 4일 동안 너무 바쁘게 돌아다녔다. 숙소로 돌아왔을 때 피곤해서 아무것도 못 할 정도로 여유가 없었다. 하지만 코로나19 이후의 방문에서는 달라졌다. 물론 동생 가족의 한달살기가 늘 촉박했던 시간에 여유를 불어넣어 주기도 하였지만, 사람이 모인 곳을 피해 다니면서 더 달라졌다.

씁쓸한 이유이지만 그 덕에 제주를 더 제주답게 만날 수 있었다. 한결 편안한 마음으로 지내다 보니 제주 사람들의 삶이 보였다. '제주 사람들의 삶', 제주 사람들은 무엇을 하며 어떻게 살까? 개인적으로 텃밭 농사를 짓고 있어서인지, 밭이 보였다. 이전 여행에서는 밭과 밭을 구분지어 놓은 현무암 밭담이 보였다면 이제는 밭담 안에 자라는 작물들이 눈에 들어왔다. 제주의 까만 흙을 정돈해놓은 밭을 보면, 여기에 무엇을 심을 예정인지가 궁금해졌고, 창 밖의 많은 하우스 안에서 무슨 작물들이 자랄지 상상해보았다.

제주의 동서남북을 골고루 다니다 보니 겉으로는 분명 비슷한 밭 풍경인데, 지역마다 작물이 달랐다. 드라이브가 목적인 차 안에만 앉아 있었다면 몰랐을 것들이다. 한 달 동안의 머무름과 천천히 걷기를 통해 제주의 농업에 대한 새로운 면들을 목격할 수 있었다. 나 역시 제주 하면 흑돼지, 해물라면, 통갈치, 당근이 전부인 줄 알았던 사람이다. 물론 더 많은 이름을 댈 수 있겠지만 그래 봤자 어린 시절 사회시간에 배워 각인된 특산품들과 여러 번의 여행을 통해 먹어보고 감동을 받았던 것들 정도이다.

제주의 4계절은 정말 푸르렀다. 4계절이 내내 농번기 같았다. 봄은 봄대로, 겨울이면 겨울인 대로 작물이 자랐다. 이번 인터뷰를 준비하면서 제주의 농부님들과 가장 연락하기가 힘들었던 것을 떠올렸다. 제주가 4계절 내내 농번기라 그런가 하고 나 혼자 생각해보았다.

나는 여행할 때마다 노트북 또는 작은 노트를 들고 다니면서 글을 남긴다. 제주에 있을 때는 뭐가 그리 적을 게 많은지, 잊지 않고 싶은 것들이 많은 건지, 작은 노트 한 권을 다 쓴다. 가끔 꺼내어 읽어보곤 하는데 내가 쓴 나의 이야기인데도 새롭고 재밌다. 물론 사진도 엄청 많이 찍는데, 사진첩을 보면 나의 관심이 어디에서 어디로 변했는지 명확하게 확인할 수 있었다.

마지막 세 번의 방문에서 찍어둔 사진들은 온통 밭과 서점이었다. 이상하게 보일지도 모르겠지만 나는 밭을 보고, 농부를 만나며, 독립서점들에 들르고 싶어 제주를 갔다.

비행기에서 내리는 순간 항상 사진을 찍는다. 일종의 의식 같은 것인데, 참 웃기다. 야박하다 싶을 정도로 비가 온다. 섬이기 때문에 비가 자주 오는 것은 당연할 수 있지만, 좀처럼 화창한 날씨를 경험해보지 못했다. 다른 여행자들의 사진은 푸르고 푸르렀지만 내 사진은 블루 필터를 사용한 것처럼 항상 우중충하다. 여섯 번의 방문 사진 중에 화창한 날이 한 손 손가락으로 꼽힐 정도로 드물었다.

그래도 끝내주는 석양은 몇 번 보여주었으니 그걸로 만족한다. 사

실 만족 이상이다. 차 안에서도 보인다. 높은 건물이 없고 약간의 오르막과 내리막이 번갈아 이어지는 제주 길 덕분에 태양이 저무는 과정을 천천히 즐길 수 있다. 가슴이 웅장해진다라는 유행어가 딱 들어맞는 순간이다. 제주의 해변 아무 데나 앉아 가만히 바라보는 석양은 그리스의 로도스섬에서 본 지중해의 그것만큼이나 심장을 멎게 한다.

아주 예전부터 내가 마주했던 바다들에 대해 글을 쓰고 싶다는 바람이 있었다. 부족한 언어로 그 바다를 제대로 표현하지 못할까 봐, 내 감정을 고스란히 전하지 못할 것 같다는 염려에 아직 실천하지 못하고 있지만 언젠가 나의 바다에 대한 글이 나온다면 아마도 그 첫 또는 마지막 페이지는 제주이지 않을까 싶다. 너무 보여주고 싶어서와 너무 아껴두고 싶은 마음 둘 다로 인해.

제주의 겨울

제주의 겨울은 귤색이다. 어디를 가도 귤색이다. 예전에는 귤을 사 먹어야 했다면 요즘은 따서 먹기도 한다. 귤 따기 체험을 할 수 있는데, 많은 농장이 개별적으로 운영한다. 귤 따기 체험은 체험하는 사람과 농장주 모두에게 이익이 된다. 체험하는 사람은 말 그대로 직접 귤나무에서 귤을 따보아서 좋고, 농장주는 자꾸 오르는 인건비 부담을 줄이고 부수적인 수입이 생겨서 좋다.

실제 어느 쪽이 더 이익인지는 알 수 없지만 소비자로서 내 경험상 사는 것과 체험해서 얻는 양은 비슷했던 것 같다. 나는 둘 다를 즐긴

다. 체험은 재미있어서 좋고, 사는 것은 농부의 숙련된 솜씨로 잘 익은 귤들을 수확해서 판매하기에 맛나서 좋다. 부씨네 농장에서 귤 따기 할 때의 일인데, 농장주인 아저씨가 알려준 나무에서 딴 귤은 내가 겉이 예뻐서 딴 귤보다 훨씬 달콤했다. 역시.

겨울 제주를 놀멍쉬멍 걸어보았다. 밭담 사이의 골목길을 걸으며 양 옆을 둘러보니 겨울 제주의 밭은 그 어느 때보다 역동적이다.

1월 제주 서쪽에서는 콜라비와 양배추가 한창 자라고 있었다. 한림에서 1월 한 달을 지냈는데 가는 곳마다 양배추 밭이 펼쳐졌다. 양배추에 관심을 갖기 전까지는 그냥 예쁜 밭이었다. 밭에 있는 수확하기 이전의 양배추를 본 적이 있는가? 양배추가 너무 예쁘다. 막 피려고 하는 큰 꽃송이가 땅 위에 있는 듯하다. 하지만 양배추는 내 마음을 미어지게도 하였는데, 연일 제주 뉴스에 보도되는 소식 때문이었다. 양배추가 너무 많이 생산되어 러시아에 수출하기로 했다, 농민들이 판매를 포기하고 양배추 밭을 엎고 있다는 등의 이야기들이었다.

마트에 가니 양배추 1/4로 잘라놓은 것이 400원, 500원에 판매되고 있었다. 팔팔 끓는 물에 살짝 데친 양배추와 갓 지은 밥. 간장양념을 얹어 먹는 쌈밥은 내가 가장 좋아하지만 매일 먹을 수는 없는 노릇이었다. 양배추 100통을 사서 서울에 있는 지인들에게 보내볼까? 식당을 하는 친구는 없나? 별의별 생각을 다했지만 내가 실제로 할 수 있는 일은 아무것도 없었다.

농부의 입장에서도 파는 것이 좋은지 엎는 것이 좋은지 알 수 없는 노릇이었지만 그냥 농부의 마음으로만 생각하자면 피눈물 나는 일이다. 생산량이 수요를 넘어서는 것을 농부도 어느 정도는 안다고 한다. 하지만 땅을 놀릴 수 없고, 노지작물 특성상 매년 풍작일 거라 예측할 수도 없는 노릇이니 그저 열심히 성실하게 농사를 짓는 농부의 마음이 이해가 간다.

내가 텃밭을 하기는 하지만 작물에 대해서는 문외한이나 마찬가지이다. 내가 심고 싶은 것만 딱 골라 심다 보니 다른 작물들은 한참을 쳐다보거나 또는 검색을 해보고 나서야 알 수 있는 경우가 허다하다. 콜라비가 그러했다. 콜라비는 제주에서 11월부터 1월까지 수확하는

작물이다. 순무양배추로도 불리는 콜라비는 양배추의 달콤함과 무의 아삭한 식감이 합쳐져 있다. 비싼 채소라는 인식이 있었는데, 수확을 하는 농부는 출하 값이 너무 낮아 걱정이라는 소리를 들었다. 농사가 잘되어도 문제이다.

1월 한달살기를 했던 곳의 주인아주머니께서 문 앞에 이것저것이 담긴 봉투를 두고 가신 적이 몇 번 있었다. 한번은 하얀 브로콜리와 당근이 담겨 있었는데, 이 하얀 브로콜리는 '콜리플라워'라는 이름을 가진 채소였다. 검색해보니, 양배추를 뜻하는 cauli와 꽃 flower의 합성어라고 하는데…. 그러고 보니 겨울 제주는 양배추와 그 친척들의 파티 장소이다. 양배추, 콜라비, 브로콜리는 물론이고 콜리플라워까지. 와우, 축제다.

또 아주머니께서 살짝 데쳐서 나물처럼 양념해서 먹으면 아주 맛있다고 주신 것이 있었는데… 겉 생김새만 봐서는 도무지 무엇인지 알 수 없었다.

"제주에선 유채줄기를 이렇게 먹어요."

"네? 유채꽃… 그 유채요?"

아주머니 덕에 또 하나 배우고 또 하나의 새로운 맛을 경험한다. 봄 하면 떠오르는 이미지 중 하나가, 노오란 유채꽃이 만발한 풍경이 아닐까 싶다. 그 유명한 노래 가사인 '신혼부부 밀려와 똑같은 사진 찍기'는 유채꽃밭에서의 사진이 아닐까 하고 여러 번 생각했다. 예쁜 유채,

제주 사람은 이토록 맛깔나게 먹는다.

나, 제주 사람이 된 것 같은 기분이 들었다. 이 기분 너무 좋다. 타인에서 이주민으로 이주민에서 원주민으로 좀 더 가까워진 듯한 이 기분, 아무도 알아주지 않는 게 더 좋은 혼자만의 기분에 잠시 취했다.

따뜻한 제주의 봄

3월에 방문한 제주는 아름다웠다. 동백꽃의 절정을 1월이라고 보통 말하는데, 나는 3월이라고 하고 싶다. 1월 동백꽃 명소에 일부러 찾아가 본 동백은 생기가 있었고 기름졌다. 수많은 방문객들도 동백꽃처럼 생기 있게 느껴질 정도였다.

그것이 1월 동백꽃의 아름다움이었다면, 3월 동백꽃에는 다른 아름다움이 있었다. 길가에 떨어진 동백꽃들, 돌담 틈에서 활짝 피어 이제 떨어질 시기를 기다리는 동백꽃은 화려하면서도 초연한 아름다움이 있었다. 관광지가 아닌 그냥 길가에도 동백나무가 있다. 동백꽃의 자연스러운 아름다움을 거니는 곳곳에서 발견했다. 물론 유채꽃도 목련꽃도 개나리도 핀다. 벚꽃은 말할 것도 없다. 우중충한 날씨 덕에 화창한 봄날을 느끼지는 못했지만, 햇살이 따뜻하게 나를 안아주는 봄날 꽃비가 내리는 풍경을 상상했다. 특히, 어느 고등학교 정문 길 양 옆의 늠름하게 자리 잡은 벚나무는 그 상상을 극대화시켰다. 동백꽃이 지면 목련이 피고, 목련이 지면 벚꽃이 핀다. 아무래도 꽃의 향연을 만끽

하려면 3월 내내 제주에 있어야 할 것 같다.

3월 제주의 밭은 내륙지방의 4월 정도일 것이다. 이미 밭농사는 시작되어 작물마다 저마다의 생명력을 내뿜으며 푸르게 자라고 있었다. 무는 수확하는 시기인데, 잎을 보고 이게 무인가 하며 한참을 쳐다보았다. 분명 내가 심은 조선무의 경우 무 줄기가 하늘로 쭉 뻗었는데… 제주에서 본 무 줄기의 키는 크지 않았다. 그래서 더욱 한참을 이리저리 살펴보았는데… 무가 맞다. 분명 맞았다. 제주에 사는 어느 분께서 제주에서는 땅의 기운을 받고 작물이 자라서 위로 잘 안 올라간다고 했는데, 그 말이 번뜩 생각이 났다.

여름, 바다는 파랗고 들판은 푸르다

초여름인 6월은 내가 가장 제주에 가고 싶어 하는 달이다. 덥지도 춥지도 않은 날씨 때문이기도 하지만, 7월부터 몰려드는 사람을 피해 조금은 여유롭게 제주를 즐길 수 있기 때문이다. 물론 비가 많이 오기 때문에 화창한 날씨 덕까지 기대하기는 힘들지만 그래도 6월 제주는 완벽하다(유독 제주는 나에게 화창한 날씨를 선물하지 않기도 하고).

6월 곶자왈은 신비롭다. 곶자왈의 녹음綠陰은 그 자체로도 훌륭하지만, 어두운 밤 그 사이를 노란빛을 내며 날아다니는 반딧불이를 본 순간 신비로움이 더해져 영화 속 주인공의 꿈속에 있는 기분이 든다.

6월 제주에서 우연히 초당옥수수를 만났다. 어느 지역인지 기억이 정확히 나지는 않지만 인적이 드문 도로 한쪽 길가에 '초당옥수수 판매, 010-0000-0000'이라고 적힌 현수막을 보고 무작정 전화를 걸었다. 판매장이 따로 있는 줄 알고 찾아간다고 했는데, 그냥 밭으로 오란다. 엄청난 바쁨이 드러나는 목소리로 말씀하셔서 일단은 알겠다고 했다.

보내주신 주소로 찾아갔는데… 와… 이렇게 큰 옥수수 밭이 있다니. 너무나 예상밖의 풍광이었다. 다 자란 옥수수 사이로 농장주인 아저씨가 얼굴을 빼꼼 내밀었다. 우와… 하하하… 웃음이 났다. 미로공원이 따로 없다. 여기서 숨바꼭질 놀이를 하면 영원히 못 찾을 수 있겠다 싶을 정도였다.

"몇 명이서 왔어요?"

"두 명이요."

내 대답에 농장주인 아저씨는 그 자리에서 2개의 옥수수를 뜯어 껍질을 까주면서 먹어보란다.

"우리 꺼 맛있어요."

이 한마디에 농부의 스웨그swag가 느껴졌다. 초당옥수수가 처음 등장했을 때는 비싸서 못 사먹었다. 초당옥수수 농사짓는 농부들이 많아지면서 가격이 하락했고, 이제는 보석옥수수라는 또 다른 옥수수가 나와 인기를 끌고 있다. 아마도 내년에는 보석옥수수를 농사짓는 농부들이 많아지겠지 예측을 한다.

어쨌든 나는 가장 신선한 초당옥수수를 먹어보았고, 그 자리에서 택배 주문을 했다. 밭은 넓고 넓은데 딸랑 세 분이 일했다. 괜히 시간을 뺏는 것 같아 황급히 자리를 떠났다. 1분의 시간도 미안한 마음이 들게 하다니 농부님들은 대체 얼마나 바쁜 삶을 사는 걸까?

제주 초여름 또 다른 매력은 청보리이다. 바람 방향에 따라 부드럽게 살랑이는 청보리 물결은 너무나 매력적이었다. 초록의 물결이 주는 청량감과 따뜻함이 눈을 사로잡았다. 걷지 않으면 보지 못했을 풍경이거니와, 제주의 농업에 관심을 두지 않았더라면 알지 못했을 제주의 제주다운 면들을 마주했다.

8월 뜨거운 태양 아래에서 처음으로 배낚시 체험을 했다. 제주에 정말 많이 와봤다고 생각했는데 낚시를 해보지는 않았다. 사실 이 역시 조카들과 함께가 아니었다면 아마 스스로 선택해서 낚시를 신청하지는 않았을 것 같다. 조카들과 함께하는 모든 일은 이모와 같이한 추억을 만드는 것이라 기쁘다.

바닷가마다 한치를 말리는 장관이 펼쳐진다. 오징어만큼은 아니지만 짭조름한 바다향이 맛있게 풍긴다. 15년 전쯤 제주에 혼자 배낭여행을 온 적이 있었다. 돈은 얼마 없고, 계속 걷고 걸어 배가 무지 고팠는데, 어느 시장 모퉁이에 있는 식당에서 한치물회 한 사발을 먹고 감동에 젖었다. 그 이후로 제주에 오면 한치물회가 항상 생각이 나는데, 이렇게 한치를 말리는 장관이 펼쳐질 때에는 더욱 그렇다. 시장이 반

찬이어서 미치게 맛있었던 15년 전의 그 맛은 아니지만 여전히 신선하고 감칠맛이 있다.

해수욕장마다 사람들로 넘쳐나는 시기, 제주도는 전체가 사람으로 포화상태라고 봐도 무방하다. 사람이 많은 곳을 피하자면 숲만 한 곳이 없다. 물론 휴가철을 맞아 트래킹을 온 사람들도 많지만, 그래도 한적하고 고요하다.

숲은 계절마다의 아름다움에 큰 차이가 있는 곳이다. 여름의 숲은 말 그대로 웅장하다. 섬의 숲이라 습하기는 하지만 맑은 날 숲의 녹음은 마음이 치유되는 느낌을 줄 정도이다. 내가 가장 좋아하는 건 비가 부슬부슬 내리는 날의 숲 탐방이다. 우산을 쓸지 고민이 되는 정도의 날씨에 숲길을 걸으면 풀과 나무에서 내뿜는 향기에 취한다. 마천루와 아파트, 나무도 몇 그루 없는 도심 공원들이 있는 서울에서는 절대 맡을 수 없는 그 짙은 풀냄새와 새소리가 걸음을 멈추고 한동안 움직이지 못하게 할 정도로 강하게 나를 사로잡는다. 그래서 제주에 오면 숲을 찾고, 오름을 찾고 하나 보다. 그 기억이 너무 좋아서 일상에 그리움으로 남는다.

모든 것이 있는 가을 제주

가을 제주는 신이 난다. 바다도 좋고, 숲도, 산도 그리고 하늘마저도 좋다. 9월, 10월은 주말마다 여행객들이 모여 원하는 시간의 비행기 티켓을 구하기가 어려울 정도이다. 9월 제주 밭의 풍경은 내가 책에서 본 제주의 전통적인 이미지와 가장 가까웠다. 동쪽 구좌 당근 밭이 특히 그러했는데 낮은 밭담이 어디서부터 어디가 끝일지 모를 정도로 쭈욱 이어져 있다.

9월 제주 방문 전에 당근농장을 하는 젊은 부부에게 연락을 했다. 이때는 농부들을 인터뷰해야겠다는 완전한 계획이 세워지기 이전이었다. 농부들의 삶에 흥미를 갖기 시작했을 때 만난 '우주농장' 은선 님과의 1시간 남짓한 대화를 통해 어떻게 보면 이 모든 글이 시작되었다고 말할 수 있다.

육지에서 제주로 이주한, 젊은 농부. 그들의 이야기가 그 어떤 유명한 사람들의 삶의 이야기보다 재밌었다. 나는 그랬다. 은선 님의 집 마당은 당근 밭과 바로 이어져 있었고 낮은 밭담 너머에는 당근이 자랐다. 가까이에 가니 당근 냄새가 났다. 당근을 뽑으면 당연히 당근 냄새가 나겠지만, 당근 잎이 바람에 흔들려도 당근 냄새가 난다.

당근 잎을 본 적이 있는가? 당근 줄기와 잎은 정말이지 예쁘다. 검은 흙과 주홍 당근 그리고 점점 짙어지는 녹색 줄기와 잎의 완벽한 조화가 펼쳐지는 구좌는 이 이후로 내가 무조건 들르는 코스가 되었다. 아, 또 하나, 구좌에는 내가 사랑하는 독립서점들이 있다(풀무질, 소심한책방 그리고 구좌 바로 아래 성산의 책방무사). 안 갈 수 없는 곳, 유명한 관광지가 없어 그게 더 매력인, 내가 가장 사랑하는 지역이다.

11월 제주의 풍광은 황홀하다. 곳곳마다 넘실대는 갈대 파도가 우선 황홀하고, 높고 파아란 하늘이 황홀하다. 사람들로 북적이던 바닷가도 본연의 모습을 슬슬 찾아가고, 저녁이면 살갗을 스치는 찬 공기마저도 황홀하게 느껴진다. 언어로 자연의 위대함과 아름다움을 옮기는 데 어려움이 느껴진다. 황홀하다는 말 이상의 어떤 표현을 사용하고 싶은데 찾지 못하겠다.

나는 11월의 제주 풍광 곳곳에서 황홀경을 경험한다. 인간은 심미적 경험을 하려는 본능이 있다고 믿는다. 자연으로부터 심지어는 인공물로부터도 아름다움을 찾으려고 하는데 그러한 이유로 제주는 완벽하고, 그리하여 너무나 소중하다.

여름에 더워서 오름을 포기하는 사람들도 가을에는 오름을 찾는다. 오름에 오르면 하늘과 맞닿는 기분을 느낄 수도 있다. 오름 정상에서 잠시 누워 하늘을 본다. 하늘 아래 나만 있는 기분을 만끽한다. 정상에서 부는 센 바람이 이마에 맺힌 땀방울을 빠르게 식혀준다. 아주 잠깐의 쉼이지만 잔상이 강하게 남는다. 오름 아래로 깨끗하게 보이는 제주만의 풍경에 빠져들기도 한다. 갈대의 흔들림을 가만히 바라보는 것만으로도 그저 재밌다. 이제 곧 겨울이 오고 한 해가 지는구나 하는 생각에 알 수 없는 쓸쓸함이 채워지기도 한다. 모든 감정을 느끼게 되는 가을 제주이다.

이토록 아픈 제주

제주가 너무 좋아서 가능하다면 보다 더 자주, 더 오래 머물고 싶다. 멀리서 보는 제주의 바다는 한없이 푸르고 아름답지만, 내 발아래의 모래사장과 파도의 끝에는 쓰레기가 넘실댄다. 검은 매력을 자랑하는 현무암 사이사이 술병이며 스티로폼이며 온갖 것이 끼어 있다. 중국에서 온 건지 태국에서 온 건지 추측해야 하는 라벨의 쓰레기들도 있다. 마음이 아프다. 너무 좋아서 오히려 오면 안 되는 건 아닐까 생각했다. 비행기가 내뿜는 탄소와 커피 한 잔에 부수적으로 발생하는 쓰레기들로 인해 내가 사랑하는 제주가 점점 아파한다는 걸 알기 때문에 늘 양가적 감정이 든다.

한때는 그런 감정에 너무 사로잡혔던 적이 있었다. 죄책감 때문에 커피조차 제대로 즐기지를 못했다. 그렇다면 나는 앞으로 제주를 오지 말아야 할까? 머무를 수 없을까? 이런 생각을 할수록 내 대답은 '아니다'였다. 할 수 있는 일을 하자. 그래, 할 수 있는 일부터 실천하자. 최대한 텀블러를 사용하고, 장바구니를 들고 다니고, 바다에 뒹구는 쓰레기를 보면 주워서 근처 쓰레기통에 넣자. 위생봉투를 여러 번 쓰고 이왕이면 친환경 세제를 사용하자. 거품을 왕창 만들어내는 입욕제를 사용하지 말자. 몇 가지 실천 가능한 것들을 생각해두었다가 몸에 배이게 했다. 기분 내려 취하는 겉멋을 조금 걷어내었다.

나는 고작 이 정도만 할 수 있는 보잘것없는 사람이구나라는 생각에 한심했다. 처음에는 나 하나쯤이라는 생각을 했다. 나 혼자 노력한다고 무엇이 달라질까 의심이 먼저 들었다. 하지만 관광지에 와서 유독 많이 마시게 되는 음료들(또 이상하리만큼 바다를 보며, 또는 해변을 거닐며 마시는 커피는 짜릿하다)의 테이크아웃 플라스틱 컵을 단 며칠만 모아도 엄청난 높이로 쌓인다는 것을 아마 한두 번쯤 모두 경험해보았을 것이다.

여행을 많이 다닐수록 자연과 조화를 이루는 삶이 얼마나 중요한지, 인간에게 한없이 베푸는 자연이 얼마나 고마운 존재인지 그리고 이제 그 자연이 얼마나 아파하는지에 대해 피부로 느끼게 된다. 대자연의 위대함을 보고 느끼기 위해 사람이 모이고, 모인 사람들의 편의를 위해 시설이 들어서면 그 경이로운 자연의 크기가 줄어든다. 모두가 알고 있지만 쉽게 거절할 수 없는 시설의 편리함과 지역 경제 이익이 기저하고 있다. 제주도 마찬가지일 것이다.

아름다운 제주, 멀리서 보고 가까이서 보아도 아름답도록 그리고 나의 다음 세대들도 이 아름다움을 향유할 수 있도록 내가 할 수 있는 일들을 꾸준히 실천하려고 한다.

들어가지 마시오.

밟지 마시오.

버리지 마시오.

제3화

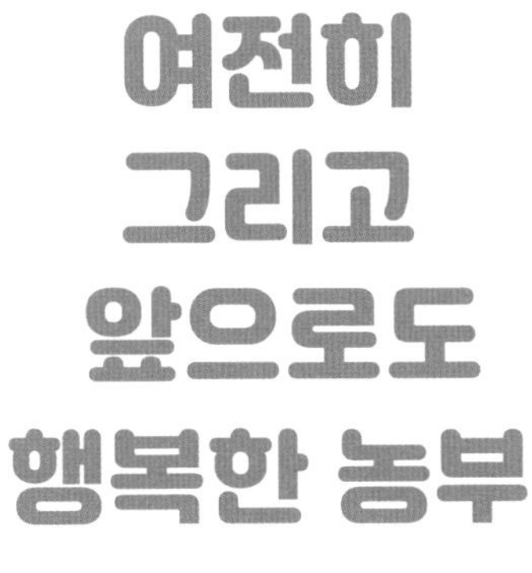

여전히 그리고 앞으로도 행복한 농부

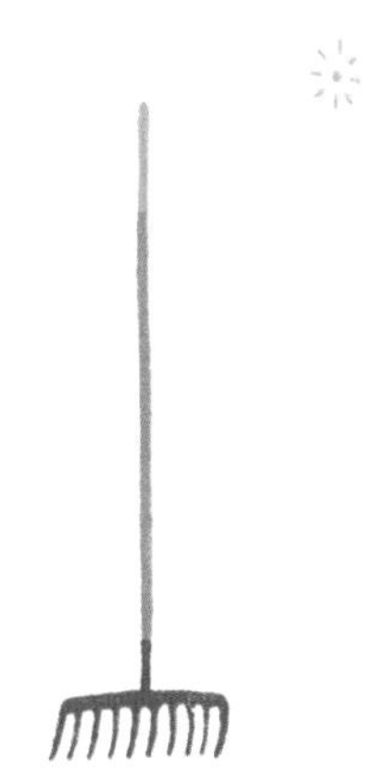

바른 블루베리 한들벌

김정환, 이혜인

블루베리 농장 한들벌의 주인 부부를 만난 것은 행운이었다. 부부에게서는 진한 싱그러움이 묻어 나왔다. 블루베리는 아껴먹어야지 하다가도, 한 알 한 알 꽉 찬 매력에 손이 멈춰지지 않는 과일이다. 부부의 매력이 블루베리처럼 꽉 차 있어서 인터뷰를 끝내고 싶지 않았다. 개인의 철학과 고집으로 바른 먹거리를 키워내는 농부와, 이렇게 멋진 농부와 함께하며 손끝으로 이 모든 걸 새롭게 탄생시키는 예술가 아내. 그들의 삶에 조금 더 가까이 다가가 보자.

인스타그램: @berryfarmer81
네이버 스마트스토어: fresh_blueberry(한들벌)

안녕하세요. 정말 두 분을 만나 뵙고 싶었어요. 반갑습니다. 간단하게 소개 부탁드릴게요.

정환 저희는 연천에서 블루베리 농사를 짓고 있는 부부입니다. 저는 김정환입니다.

혜인 안녕하세요. 저는 농부와 함께 살게 된 그림 그리는 이혜인입니다.

우선, 어떻게 블루베리 농사를 시작하셨는지 궁금해요.

정환 제 경우에는 대학에서 원예학을 전공했습니다. 블루베리 전문 농업법인 회사에 저희 학교 교수님의 소개를 받아서 2007년부터 근무를 했습니다. 그때 당시에는 블루베리가 국내에 거의 상업적으로 알려지지 않았기에 궁금증이 생겨 시작하게 되었습니다.

그럼 블루베리라는 작물이 잘 맞으셨나 봐요. 2007년부터 시작하셔서 지금까지 하시는 걸 보면요.

정환 국내에서 상업 재배는 2000년도 초반부터 시작했어요. 저는

농업법인 회사에서 근무하면서 노하우를 쌓고 저한테 맞는 것 같아 2008년 농장을 꾸렸어요. 그런데 블루베리 농사가 쉽지 않아요. 기존에 밭농사하던 분들도 경력이 긴 분들인데도 자신 있게 도전하셨다가 실패한 경우가 많거든요. 특히 과수를 해보신 분들이 그런 것 같아요. 블루베리는 처음부터 교본대로 충실하게 해야 해요 저 같은 경우는 첫 농사 작물이 블루베리이고 계속해서 한 우물만 파고 있죠.

제가 사전 조사하면서 인상 깊게 본 내용이 땅의 ph(산도)에 대한 것이거든요. 이게 어떤 건지 설명 좀 부탁드립니다.

정환 농작물은 땅과 맞아야 합니다. 블루베리 같은 경우는 땅을 약산성으로 유지해줘야 해요. 농업기술센터에서 매년 봄에 토양 검사를 해주는데 저는 농장 시작하고 지금까지 매년 받고 있습니다. 블루베리 재배에 맞는 산도의 적정 범위를 벗어나면 안 되기 때문이에요. 계속해서 산도를 맞춰주고 있죠.

검사하러 온 분들한테 토양의 산도를 계속 잘 유지한다는 칭찬과 감탄을 들었다고 하는데…. 그 점에 자부심을 느낄 것 같아요.

혜인 하하. 저 같은 경우는 농부라기보다 옆에서 접하는 일반인에 가깝다 보니까 무덤덤한 것 같아요. 저는 사실 그냥 그렇구나 해요. 블루베리는 국내에서 재배하는 대다수의 과수와는 적정 산도가 다르다

고 해요. 다른 밭작물하면서 블루베리를 같이하는 농장도 몇 군데 있는데 그러면 산도가 아무래도 블루베리한테만 맞춰질 수 없죠. 비슷하게 유지해도 블루베리나무가 죽지는 않지만 블루베리 특유의 영양물질이나 성분이 제대로 축적이 안 된다고 하더라고요.

블루베리는 수입 작물인데 우리나라에서 블루베리를 재배하면 품질이나 맛이 떨어지지는 않나요?

정환 국내 많은 농장이 그동안 노하우를 엄청 쌓았어요. 품질이 굉장히 높아졌죠. 그리고 외국에서 아무리 빨리 수입한다고 해도 국내에서 바로 수확해서 직거래하는 열매보다 신선할 수는 없거든요.

여러 농부님들과 인터뷰하면서도 판매가 정말 중요하구나라고 생각했고 또 제주도에 있으면서 양배추 판매를 못 해서 그냥 포기하는

걸 봤거든요. 그래서 판매가 정말 중요한데 동시에 너무 어려운 거 같아요. 어쨌든 블루베리도 판매해야 하는 거잖아요.

혜인 저도 처음에 결혼했을 때, 창고에 몇백 킬로그램씩 쌓여 있는 걸 봐가지고… 그래서 같이하게 된 거예요. 사실 처음에 결혼할 때는 저는 그림 그리는 사람이니 각자 자기 일하면서 살자, 이렇게 시작했어요. 그런데 창고에 쌓여 있는 걸 보니까… 하하. 안 되겠더라고요.

농업법인 회사에 있으셨다고 하니까 판로가 정해져 있었던 건지 궁금했는데 그건 아니네요. 이야기를 들어보니까.

정환 초반에 회사에서 납품을 받아주기로 했어요. 그런데 그 회사에 납품하는 가격이 너무 합리적이지 않아서….

혜인 농장 유지가 안 되더라고요. 그래서 도매를 했다가 직거래를 하게 되었어요. 인터넷 판매도 직거래예요. 네이버 스마트스토어에 판매하는데 기존 고객들이 계속 주문을 해주세요. 남편이 막 적극적으로 영업을 하지는 않지만, 지나가던 분들이 구매하시는 경우도 있고요. 또 계속 농사를 짓다 보니까 입소문이 났어요.

성수동 파스타 전문점인가요? 그곳에 납품하신 사진도 봤어요. 그 분도 그런 경우인 거예요?

혜인 그분 같은 경우는 다른 인연으로 이어졌어요. 제가 아는 동생이 지인들한테 저희 블루베리를 선물했는데 그중 한 분이 홍대에서 유명한 셰프셨어요. 그 이후 제 인스타그램에 꾸준히 방문해주어 연락하게 되었는데 그분이 성수에 있는 레스토랑을 소개해주었어요. 가서 보니까 생각보다 블루베리 비중이 크더라고요. 고맙게도 메뉴에 농장 이름까지 넣어주셨어요. 그분들께서 올해 수확기에도 방문해주셨어요. 여섯 분 정도 오셨는데, 사실 팝업 행사를 기획했는데 코로나19로 다 무산되었어요. 그런데 디저트류를 해보고 싶다고 오셨어요.

기분 좋으셨을 것 같아요. 어떻게 보면 품질을 인정받았다는 의미잖아요.

정환 맞습니다. 뿌듯한 감정이 있죠. 그리고 저희는 로컬매장에도 들어가고 있어요.

농협 하나로마트 로컬매장 말씀하시는 거죠? 생산자 이름이 붙어 있는… 제 주변에 보니까 찾아가시는 분들도 있더라고요. 저도 가끔 과일 살 때는 일부러 가기도 해요.

혜인 네, 맞아요. 물론 수수료가 있어서 남는 건 좀 적기는 해요. 그래도 소비자 입장에서는 좋은 점이 많죠. 아무래도 로컬매장은 농민들이 아침에 수확해서 바로 가져가다 보니까… 일반 도매는 수확하면 밤에 이동하고 다음 날 아침에 경매가 들어가요. 그러면 소비자한테는 적어도 2~3일 뒤에 가잖아요. 신선도가 다를 수밖에 없어요. 하지만 로컬매장도 양이 한계가 있어서 그렇게 많이 판매할 수는 없어요.

생과는 판매 기간이 짧다고 알고 있어요.

혜인 맞아요. 짧으면 3주 길면 4주 정도예요.

그럼 이 짧은 시기를 위해 1년이 오롯이 들어가는 거네요.

혜인 네, 맞아요. 저희도 시즌이 짧은 게 고민이기는 해요.

블루베리는 하우스에서 재배할 수 없는 건가요?

혜인 가능하지만 이곳의 겨울이 워낙 춥다 보니 하우스를 해도 좀 어려울 것 같아요.

제가 네이버 스토어팜에 들어가 봤어요. 정말 피드백이 좋더라고요. 나쁜 걸 하나도 못 찾았어요.

혜인 저희도 가끔 있어요. 생과의 경우 '작년보다 별로예요'라고 하신 분도 있었어요. 그런데 대부분 정말 거짓말처럼 좋게 써주셔서….

그런 피드백에 그렇게 예민하지는 않으시죠?

정환 사실 저희가 이렇게 직거래를 한 지 몇 년 안 되어서… 아직은 좀 예민한 거 같아요. 과일 좋아하시는 분들은 노지에서 생산하는 건 뭔가 다르다는 걸 아시는 거 같아요. '작년보다 맛이 조금 떨어지는 것 같지만 노지 재배니까 이해한다' 이렇게 말씀하시는 분도 있었어요. 사실 노지작물은 날씨에 영향을 정말 많이 받아요. 노지든 하우스든 매년 조금씩 다를 수밖에 없어요. 그게 당연한 거기도 해요. 공산품하고는 다르니까요.

지금까지 이야기를 종합해보면, 어떤 판로가 정확하게 있어서 시작하신 건 아니고 열심히 농사짓고 직거래로 판매하고, 스토어팜도 시작하고 로컬매장에도 들어가고 이렇게 판로가 하나씩 늘었다는 거죠? 이렇게 되는 데에는 아내분의 공이 크다는 거고요. 하하. 이렇게 정리할 수 있을 거 같은데 맞나요?

(두 분 다 말없이 크게 웃으셨다.)

혜인 님도 보람을 느끼실 거 같아요.

혜인 재미있어요. 사실 남편이 1년 내내 힘들게 일하는 것을 옆에서 보니까 판매가 잘 안 되고 너무 싸게 팔고 그러면 좀 속상했거든요. 일하는 것과 품질에 비해 제 값을 못 받는다고 여겼어요. 그런데 우리 과일의 특성을 소비자에게 이해시키고, 이미지를 끌어올리는 일을 제가 하고 있는 거 같아서 뿌듯해요. 고객분들께서 우리 품질을 인정해주시고 잘 키우려는 노력도 알아주어서 좋죠.

정환 아내가 판매에 신경을 쓰기 시작하면서 상황이 굉장히 많이 좋아졌어요. 저 혼자 했다면 지금 아마 다른 작물을 시도해봤을지도 모르겠어요. 하하.

혜인 제가 또 베리류를 되게 좋아해서 입맛 참견을 많이 해요.

가장 냉정한 소비자가 될 수 있겠네요.

혜인 밭에서 따오면 제가 제일 먼저 평가를 해요. 선별할 때도 냉정하게 골라내는 편이에요.

농부님들과 실제 인터뷰를 진행하기 전에 메일로 사전 설문지를 보냈다. 공통질문 중 하나가 농사를 지으면서 가장 기억에 남는 일이 무엇이냐는 것이었다. 정환 님의 대답은 예상밖이었는데 '아내를 만나 결혼한 일'이라고 적혀 있었다. 맞는 말이지, 당연히 결혼이 일생

일대의 가장 중요한 일이지, 하고 생각했다. 그런데 대화를 나눌수록 왜 정환 님께서 그렇게 말씀하셨는지 이해가 갔다. 아내 혜인 님이 없었더라면 지금의 '한들벌'은 존재하지 못했을 것 같다.

혜인 님은 온전히 농부로서의 남편의 고집을 이해해주고, 그 노력을 인정해주고 있었다. 뿐만 아니라 가족의 사랑 안에서 자라는 아이와 농부의 보살핌으로 성장하는 블루베리를 그 누구보다도 따뜻한 시선으로 사진과 그림에 담아냈다. 혜인 님이 자연에서 가져온 재료로 만드는 리스 사진과 블루베리를 활용한 요리 사진은 플로리스트나 요리 연구가가 보아도 탐이 날 것이다. 그녀의 손끝을 거치면 작품이 된다.

농부님들 인터뷰를 계속할수록 유통구조에 문제가 있다는 생각을 해요. '서울 도매시장만 가면 싸진다'라는 말도 있다고 하더라고요. 어떤 사람들은 계속 싼 것만 찾기도 하지만 또 한편으로 '친환경' 농산품을 찾는 사람이 늘고 있다고도 하잖아요. 제가 사전 설문조사에서 정환 님 글 중에 '농부는 먹거리를 안전하고 바르게 만들 의무가 있다'라고 써주신 것에 굉장히 감동을 받았어요. 솔직히 살짝 눈물이 날 뻔했어요. 많이 팔아서 이익을 많이 남기는 게 다라고 생각했거든요. 그런 생각을 반성하게 되더라고요.

"농부는 먹거리를 안전하고 바르게 만들 의무가 있다."

정환 유기비료를 만들어서 주고 나무에도 굉장히 신경 쓰고 있어요. 형이 가까이에서 농사를 지어요. 농기계가 많아 제가 필요할 때마다 빌리고 바쁠 때는 서로 돕기도 해요. 그래서 도움이 많이 돼요.

농부로 산다는 건 어떤 걸까요? 사실 이게 저의 궁극적인 질문이기도 하거든요.

정환 저 같은 경우는 경쟁을 굉장히 싫어해요. 사람들 앞에 서는 것도 싫어하고. 그런 저한테는 참 맞는 직업인 거 같아요. 제가 생산한 걸로 사람들한테 인정받고 싶은 욕심도 있고요. 그래서 그런 욕심으로 지금까지 농사를 지으면서 품질을 높이려고 노력해왔어요. 제가 현실적으로 농사를 지어서 생활을 유지하기 어렵다 그러면 사실 그만두었을지도 몰라요. 하지만 아내를 만나고 그래도 어느 정도 유지할 정도는 소득을 만들어내는 거 같아요.

혜인 아직 멀었어… 이제 겨우 유지하는데…. 하하.

정환 제가 좀 아쉬운 부분은 기존의 농업 정책이… 부모님이 농사를 지어서 농지를 가진 사람들은 농사를 시작하기가 비교적 쉬워요. 성공적으로 안착할 가능성도 높고요. 기반이 전혀 없는 사람들은 일단 시작하기도 어렵고 또 기반을 탄탄하게 하기가 어렵죠.

농사도 어떻게 보면 진입장벽이 높은 편이네요.

정환 그렇게 볼 수 있어요. 부모님이 농사를 지은 분들 같은 경우는 경험도 있고 땅도 있으니까요. 일단 땅이 있으면 시작할 수는 있어요.

혜인 예전에 농사를 지어보고 싶어서, 친환경 농사를 지지하는 단체라고 해야 하나 그런 농장에 가서 체험하다가 농사를 짓게 된 사람의 다큐멘터리를 봤어요. 친환경 농사를 기반 없이 하기가 정말 어려운 게… 친환경 농사를 지으려면 땅을 가꾸는 게 제일 중요하고 시간이 많이 걸려요. 그렇게 공을 들여서 땅을 좀 말랑말랑하게 만들어놓으니까, 땅 주인이 나가라고 하더라고요. 그걸 보는데 굉장히 마음이 안 좋더라고요.

정환 기존 농사는 농약을 쓰고, 특히 제초제를 많이 써서 땅이 딱딱해져요. 큰 기계들로 밟아놓기도 해서요. 그런데 그런 땅을 부드럽게 만들려면, 땅속에 미생물도 많아져야 하고 지렁이도 살고 해서 공생관계가 유지되어야 해요. 이렇게 되려면 최소 4~5년 정도는 손으로 김을 매주고 제초제를 안 뿌려야 해요. 그런데 땅 소유자가 아닌 사람이 몇 년 이렇게 하다가 주인이 나가라고 하면 쫓겨나거든요. 이런 식으로 하다 보면 친환경 농사는 지을 수 없어요.

요즘 많이 육성하는 청년 농부 정책에도 이런 것들이 반영되어야겠네요.

정환 청년 농부들한테 나이가 어린 순으로 농지은행이라는 기관에서 땅을 빌려주는 사업을 해요. 우선순위를 젊은 농부들에게 주기는 해요. 한 필지를 계속 사용할 수 있게 해주는지는 모르겠어요.

혜인 사실 저희 같은 경우에는, 그래도 아버님이 일찍 정착하셨기 때문에 감사하게도 그런 걱정은 안 해요. 그런데 요즘 보면 은근 농사를 지어보고 싶어 하는 청년들이 있어요. 이런 분들에게는 땅이 몇 년 이렇게 보장되면 좋을 것 같아요. 취업난이 정말 심각하잖아요. 농사가 한창 바쁠 때 부모님 일손 거들어주러 왔다가 자연스럽게 정착하는 경우도 봤어요.

요즘 또 젊은 분들이 젊은 감각으로 농사를 지어서 잘 팔아요. 그래서 가족끼리 모여 살면서 가족관계가 개선되는 사례도 보이더라고요. 혹시 소비자들께 하고 싶은 말씀 없으세요?

혜인 우선은 맛있게 드셔주셔서 감사하다고 말씀드리고 싶어요. 저희가 매년 생과를 보내드리다 보면 택배 과정에서 물러지는 경우가 가끔 있어요. 그래서 저희가 절반을 새로 보내드리기도 하는데 농산품은 공산품과는 다르잖아요, 이 부분은 이해를 부탁드리고 싶어요.

정말요? 그럼 너무 손해잖아요.

정환 배송 과정에서 열매가 망가지는 경우도 아주 가끔 있는데 그

건 어쩔 수 없는 부분이라고 생각해요. 그래도 유통 과정이나 품질을 비교해봤을 때 수입 농산물보다 국산 농산물이 탁월한 경우가 많거든요. 믿고 구매해주셨으면 좋겠어요.

혜인 저는 이런 말을 덧붙이고 싶어요. 블루베리는 후숙이 안 된다고 해요. 저희는 나무에서 완전히 익은 걸 따요. 그래서 블루베리는 농장에 직접 주문해 드시는 게 좋은 과일이에요. 생과를 받으시면 밀폐용기로 옮기셔야 오래 보관하실 수 있어요. 일단 택배에서는 아이스팩 때문에 습기가 생길 수밖에 없거든요. 받으시면 빨리 냉장고에 넣으세요. 냉장고에 하루 정도 두었다가 드시면 맛있어요.

국립농업과학원 소속 연구원이 농업기술센터에 교육하러 오셨어요. 저희가 그 교육에 갔는데 그분 말씀이 열매는 나무에서 분리되면 사람처럼 과호흡이 온다는 거예요. 그래서 뜨거워진다고 하시더라고요. 사람도 열이 나면 부채질을 하듯이 저희도 수확한 열매를 식힐 수 있도록 예냉기를 만들었거든요. 따자마자 차갑게 식혀주면 블루베리들이 진정하면서 탄탄해져요.

정환 보통 비닐봉지에 담아두면 봉지에 물방울이 맺히거든요. 그게 베리들이 호흡을 해서 그런 거예요.

혜인 교육받으면서 저는 그 부분이 정말 재미있었어요. 살아 있는 거구나, 얘들이….

정환 수확 후 생리학이라는 분야가 있어요. 모든 농산물은 수확하면 호흡량을 어떻게 조절해주냐에 따라 유통기한을 늘릴 수도 있다는 내용을 다뤄요.

혜인 저희 고객분 피드백 중에 보관 기간이 길다고 말씀해주신 이유가 그것 때문인 거 같아요. 저희가 수확 후 관리를 신경 써서 하거든요.

울컥했다. 농부에게는 안전하고 바른 먹거리를 만들 의무와 책임이 있다고 한 부분은 나에게 큰 울림을 주었다. 이런 신념을 가진 농부가 키운 농산물을 먹을 수 있다는 것은 소비자로서 행운이자 행복이다. 모르기는 몰라도 분명 전국의 많은 농부가 정환 님과 같은 신념으로 농사를 짓고 있을 것이다. 생과를 더 신선하게 택배 배송하기 위해 많은 연구과 시도를 한 부분에서도 소비자로서 감동을 받았다. 농산물을 구매하면서 농부의 이런 노력들을 생각해본 적이 있었나? 택배 포장을 뜯으면서 상한 게 하나라도 있는지 없는지만 확인하는 것을 중요하게 생각했던 나를 반성했다. 내가 '한들벌'에 후기를 남긴다면, 최고의 별점을 주고, 바르고 안전한 블루베리를 먹을 수 있게 해줘서 감사하다고 쓰고 싶다.

혜인 님께 궁금한 게 많아요. 사실 그림을 그리셨잖아요. 꽤 오랫동안….

혜인 저는 초등학교 시절부터 '나는 그림 그리는 사람이다'라고 생

각하면서 살았어요. 저희가 지금 농장에 집을 짓고 살아요. 연애할 때는 과수원 가까이 있는 도시에 집을 얻어서 살고 출퇴근할 수 있다고 했지만… 저를 꼬실(?) 때에는… 하하. 막상 결혼해보니까 절대 출퇴근할 수 없어요. 다른 여러 가지 일도 있었고요. 결혼하고 1~2년 정도까지는 농장 일에 크게 관심이 없었어요. 그냥 가끔 도와주는 정도였어요. 그런데 본격적으로 같이하기 시작하니까… 제가 그림 그릴 여유가 없더라고요. 저는 동양화를 전공했고, 그러다가 일러스트 일을 했어요. 요즘은 손이 많이 굳는 거 같아서 일주일에 한 장 두 장 그리는 정도예요. 인스타그램을 잘 꾸며보고자… 하는 것도 있고요.

사실 여유가 없어서 못했는데… 어떤 부채의식 같아요. 해야 한다는 것과 하고 싶다는 마음이 반반 있어요. 앞으로 어떻게 해야 하나 어떻게 스타일을 잡아야 하나 그런 고민을 하죠.

정환 제가 보기에는 물론 제가 그림을 볼 줄 아는 건 아닌데, 제 아내가 굉장히 다양하게 그리거든요. 자기만의 어떤 것을 못 찾고 있는 거 같아요.

혜인 하나만 몰두해서 (작품을) 하는 게 어려워요. 요즘은 남편이 그래도 살림을 많이 도와주려고 노력해요. 저 그림 그리라고. 근데 제가 애기 낳고 나서 건강에 문제가 생겨 좀 쉬엄쉬엄하고 있어요.

제가 한들벌에 관심을 가진 계기 중 하나가 그림이었어요. 자연물

그림, 물론 블루베리 그림도 있고요. 아! 그리고 리스요. 정말 주변 자연으로부터 얻은 재료로 만드는 거잖아요. 너무 예뻐서… 플로리스트이신가 했거든요.

혜인 어쩌다 하나 만들어봤는데 재밌었어요. 그림보다는 비교적 짧은 시간에 완성되어 뭔가를 만든다는 것에 만족도 했고요. '해소'로 시작한 일이에요. 리스를 파는 거냐고 사러 오겠다는 문의도 받아봤어요.

리스만 봐도 계절을 알 수 있었어요. 풍경을 상상해볼 수도 있었고요. 결혼 전까지는 도시에서만 사셨다고 알고 있어요. 농촌에서의 삶이 어떠한가요?

혜인 아까 말씀드렸듯이 과수원 근처 도시에 집을 얻어서 각자 할 일을 하자는 계획이었어요. 그런데 아이가 태어나고, 양육 문제도 있어서 갑자기 시골로 오게 되었어요. 농부 아저씨의 출퇴근이 쉽지 않기도 했고요. 우선, 화방이든 서점이든 늘 다니던 장소들이 너무 멀어져서 아쉬워요. 또 일가친척들이 가까이 살고, 마을 사람들이 다 어릴 때부터 지켜본 어르신들이어서 조심스러운 부분도 있었어요. 다행히 어르신들이 크게 관여하지 않으시고 농부 아저씨도 균형을 잘 잡아주어서 비교적 순조롭게 적응하고 있어요. 이사 온 지 여러 해 지났지만 아직도 낯선 별에서 오늘을 무사히 보내는 수준이네요.

또 저는 아이 양육 문제가 궁금했어요. 일반적으로는 아이가 학교에 들어갈 때 즈음이 되면 도시로 나오려고 하는 것 같아서요.

혜인 시골에 사는 가장 큰 장점이 아이가 자연과 가까이 자라는 것이에요. 저 스스로 억지로 하는 공부는 의미가 없다고 생각하기도 해요. 독서습관만 길러주면 하고 싶은 일이 생겼을 때 공부할 능력을 갖추는 거라고 생각해요. 요즘 시골 학교는 학생 수가 적고 교육 환경이 좋아서 딱히 신경 쓰지 않아도 기본은 잘 배워 오거든요. 저는 저희 아이가 자기 것 잘 챙기면서도 주변에 폐 끼치지 않고 평범하고 행복한 사람이 되면 좋겠어요.

《에밀》을 쓴 루소가 혜인 님과의 인터뷰를 들으면 어떤 말을 할까? 내가 농부 인터뷰를 하는 가장 큰 목적이자 방향성은 농부의 삶 그 자체를 보는 것이다. 단순히 농사를 어떻게 잘 지어서 어떤 성공을 또는 어떤 결과를 얻었는가는 나의 관심이 아니다. '삶' 그 자체를 가감 없이 보고 싶었다. 많은 사람이 자녀가 학령기가 되어 취학하면 도시를 찾는다. 교육이 목적인 사람이 많은데 그 교육은 아마도 교육 환경을 말할 것이다. 학교 자체가 중요할 수도 있고, 학원가가 잘 형성되어 있는 것을 말하기도 할 것이다. 그런 사람들에게 있어 농촌은 '아이들을 위해서 살 수 없는 곳'이 된다. 하지만 최근에 '아이들 교육 때문에 시골에 왔다'라고 말한 사람을 몇 명 만났다. 우리는 분명 '교육'이라는 동일한 단어를 사용했지만 결론은 완전 반대였다. 교육학을 공부하는 나에게 있어서도 가장 어려운 문제는 '교육'이 무엇이냐 하는 근본적인 질문이다. 무엇이 교육적인 것인가? 어떤 게 더 교육적으로 좋은 환경이냐라고 물어본다면 아마도 그 답은 물어본 사람이 교육을 보는 관점에 따라 매우 달라질 것 같다. 하지만 분명히 말할 수 있는 한 가지는 스스로 성장할 수 있는 힘을 아이들에게 길러주는 교육을 해야 한다는 것이다.

혜인 님의 사진에는 아빠와 딸이 담겨 있었다. 가족의 사랑과 보살핌에 더불어 자연 안에서 계절을 몸으로 느끼며 주변의 동물, 식물과 교감하는 하루하루를 보내는 아이는 분명 거대한 자연이 주는 가르침을 덤으로 받으며 성장할 것이다. 루소의 소설에 등장하는 에밀처럼.

1인 여성 농장 딸기 농부

최지은

가장 좋아하는 과일이 무엇이냐는 질문을 받으면 잠깐의 망설임도 없이 딸기와 수박이라고 말한다. 큰 딸기를 '와-앙' 하고 한입 베어 먹는 순간 느끼는 그 달콤함은 초콜릿보다 진하다. 완전 녹초가 되어 집으로 돌아가는 길, 잠깐 마트에 들러 딸기를 사가고는 한다. 빨갛게 윤이 나는 잘 익은 딸기, 달콤한 맛과 상큼한 향, 입안 가득히 채우고도 남는 즙은 숨 돌릴 새 없이 바쁘게 보낸 하루를 보상해주는 기분이다. 공들여 만든 요리는 아니지만 분명 나에게 있어서 딸기는 위로 음식이다. 이런 멋진 위로 음식을 생산하는 농부, 꼭 만나보고 싶었다.

내가 만난 지은 님은 딸기 같았다. 빨간 열정이 있었고, 녹색의 유쾌함이 생생했으며, 딸기 씨처럼 통통 튀는 매력이 있었다. 조곤조곤한 말투는 나를 집중시켰고 말 한 마디 한 마디에 위트가 넘쳤다. 나는 그녀의 사진을 본 첫 순간 그녀가 '힙하다'고 생각했다. 인터뷰를 마친 지금 그 생각은 더욱 짙어졌다. 충청도 어딘가에서 음악을 들으며 딸기를 키우고, 농학을 공부하고, 유튜브 채널도 운영하는 세상 바쁘고 세상 힙한 그녀를 소개한다.

유튜브: 귀농빛쟁이
인스타그램: @berry_fuun

안녕하세요, 지은 농부님. 정말 만나보고 싶었어요. 제가 궁금한 게 너무너무 많았어요.

하하. 감사합니다.

간단한 소개 부탁드릴게요.

저는 충청도 소도시에서 딸기 농사를 짓는 최지은입니다. 현재 '귀농빛쟁이'라는 유튜브 채널을 운영하고 있어요.

개인적으로 제일 좋아하는 과일이 딸기여서 농부 인터뷰를 계획했을 때 딸기 농부님도 꼭 인터뷰해야겠다고 생각했어요. 딸기 농부 검색해서 여러 농부님의 인스타그램을 보았어요 그중에서도 지은 님의 사진들에 눈길이 갔어요. 무엇보다도 여성, 1인 농가라는 점이 너무 끌렸고요. 사전 인터뷰에서 호주에서 6년 동안 유학생활을 하다가 오셨다고 했는데, 호주에 정착하실 계획이셨던 건가요?

네. 한국에서 대학을 졸업하고 호주에 갔어요. 호주에서도 다시 대학에 진학한 후 졸업해서 정착하려고 했는데 유학 도중에 집에 일이 생겨서 급하게 오게 되었어요.

한국에는 언제 귀국하셨어요?

제가 28세에 한국에 돌아왔어요. 이제 6년 정도 된 거 같아요. 워킹홀리데이로 어학원을 다니면서 2년 정도 지내다가 호주에서의 생활이 너무 즐거워서 정착하려고 했어요. 물리치료사가 되고 싶었어요. 그래서 물리치료학과 진학을 준비했어요. 호주에서는 물리치료사가 개원을 할 수 있어요. 알바를 하면서 대학 입학을 준비했고 합격해서 입학금만 내면 됐는데, 딱 그 시기에 집안 사정이 어려워졌어요. 엄청난 학비랑 생활비를 혼자 감당하기에는 너무 힘들어요. 외국인한테는 학비가 훨씬 비싸요. 그래서 입학을 포기하고 한국에 돌아왔어요.

한국에 온 지 3년 정도 있다가 농사를 하게 된 건데… 사실 농사는 전혀 생각해본 적이 없어요. 이왕 한국에 돌아왔으니까 적응하고 살

아야 하잖아요. 그래서 회사에 들어갔어요. 2년 반 정도 회사생활을 했는데 너무 지옥 같은 거예요. 고민을 많이 했죠. 최대한 호주에서 살았던 삶과 가깝게 어떻게 한국에서 살 수 있을까. 그런 생각을 하다가 그러면 시골에서 살아야겠다! 이렇게 결정하고 그때부터 제가 살 곳을 찾기 시작했어요. 평창에서 한달살기도 하고, 그러다가 지금 사는 지역에 정착하게 되었어요.

본가는 충청도가 아니군요.

네. 원래 집은 경기도인데 귀농했어요.

아, 그러시구나. 그럼 아무 연고가 없는 곳에 자리를 잡으신 거네요.

네네. 가족은 본가에 그대로 살고 저만 귀농을 했어요.

저는 지역을 찾은 과정도 궁금해요. 호주에서의 삶을 제가 잘 알지는 못하지만 그래도 추측해보건대 자연과 가까운 삶을 살기를 원하셨던 것 같아요.

맞아요.

많은 사람이 자연에서 살고 싶다는 생각을 하지만 실천하는 사람은 별로 없는 것 같아요. 특히 지은 님처럼 젊은 분들은….

제가 오랫동안 지낸 곳은 평창이 유일하지만 이외에도 몇 군데를 갔어요. 검색을 정말 많이 해서 평창을 갔고, 최종적으로 이 지역으로 왔어요. 평창에서 왜 여기로 왔냐면… 평창 중에서도 제가 살았던 곳은 겨울에 택배를 받으려면 헬기로나 가능할 거 같았어요. 너무 가파르고 또 주변에 아무것도 없어서… 시골이 좋기는 한데 아직은 제가 젊잖아요.

아… 하하. 너무 시골이었나 봐요.

네. 시골이 좋기는 하지만, 하하. 자연인처럼 살 수는 없으니까… 그래서 여기로 왔어요.

그럼 지금 있는 곳도 검색을 해보고 결정한 건가요?

네. 평창은 저희 본가랑 편도만 3시간 정도 걸렸거든요. 그럼 왕복이면 6시간이에요. 지금 있는 곳은 왕복 3시간 정도여서 위치가 나쁘지 않았고, 주변 환경도 괜찮았어요.

그런데 이곳은 도시 아닌가요?

중심지만 도시고 주변은 전부 시골이에요.

처음부터 농사를 지어야지 생각하고 지역을 알아보신 건가요?

제가 검색을 많이 했다고 말씀드렸잖아요. 시골에 대한 정보 검색을 하다 보니까 '귀농' 교육 정보들이 수시로 나오더라고요. 귀농 교육은 들어본 적이 있었어요. 그렇다고 바로 그 교육을 받은 건 아니고요. 여기 와서 한 6개월 정도 지내면서 사무직 아르바이트를 했어요. 그런데 알바를 하다 보니까 시골에 와서 이렇게 최저시급 받으면서 알바하느니 그냥 회사를 다니지… 하는 생각이 들었어요. 그리고 회사생활은 다 똑같잖아요. 항상 회사에 8~9시간씩 있잖아요. 이건 내가 시골로 온 이유가 아니다. 그럼 시골에서 뭘 할 수 있을까? 이렇게 알바를 하고 사는 건 시골에 온 의미가 없다. 고민을 엄청 했어요. 시골에서만 할 수 있는 농사를 한번 해보자란 결론에 이르면서 기술센터에서 하는 실습 교육을 받기 시작했어요.

그래도 농사를 지으려면 밭을 얻어야 하잖아요.

열심히 인터넷에서 검색했어요. '농지은행'이라고 농지를 빌리는 곳이 있더라고요. 그래서 직접 가서 신청했어요. 여러 명이 신청하면 떨어질 수도 있는데 제가 돼서… 그렇게 첫 농지를 빌려서 고구마랑 옥수수를 심었어요. 그런데 폭삭 망했어요. 언제 따야 하는지 몰라서. 너무 늦게 따는 바람에 다 말라서 버렸어요. 또 고구마를 캐는 것도 하루에 다 캐야 하는데, 5미터 캐는 데 6시간씩 걸리고 해서… 다 망했어요. 하하.

첫해는 그럼….

완전 마이너스였어요. 첫 농사인 고구마는 2018년에 했고, 2019년 후반부터 딸기 농사를 짓고 있어요.

그 이후로 고구마는 안 하시고 딸기만 하시는 건가요?

제가 작년(2021년)에 딸기 수확이 끝나고… 뭔가에 헤까닥해서 고구마 1,000평을 심었어요. 인생에서 최대의 고비라고 할 수 있을 정도로 고생을 했어요. 고구마는 잘 키우기는 했어요. 그런데 수확할 때 기계가 고구마를 다 긁어버려서 상처가 생겼어요. 팔 수 있는 고구마가 얼마 안 나왔고, 다 팔고 나니까 50만 원이 마이너스였어요.

팔려고 한 작물인데….

사실 제가 한 200만 원 투자를 했고, 400~500만 원은 나오겠지라고 생각했어요. 이것도 원래는 900~1,000만 원이 나와야 한다더라고요. 근데 기술이 부족하니까 적게 잡은 건데 50만 원 마이너스가 나왔어요. 그 인스타그램에 올린 사진은 친구들이랑 조금만 캐본 거고요, 실제로 고구마를 다 캘 때는 사람을 부르거나 기계를 빌려서 해요. 제 밭에 고구마 모양이 굉장히 길게 자라서, 기계로 캘 수 있는 깊이보다 더 깊게 고구마가 달렸어요. 그래서 손으로 캐기로 결정했는데 아는 딸기농장 사장님께서 경운기 뒤에 수확기를 달아서 캐주셨어요. 사장님의 추진력과 행동력에 고구마를 수확기로 캐긴 했는데 긴 모양 탓에 고구마가 잘리거나 흠집이 많이 났어요. 하하. 그걸 보고 옆에서 조용히 눈물을 흘렸어요.

그렇게 상처 난 건 못 파는 건가요?

팔고 싶었는데… 딸기 시즌이 시작되어서 신경을 쓸 수가 없었어요. 아직도 못 판 고구마가 창고에 쌓여 있어요.

그럼… 앞으로 고구마는 또 하실 생각이 있으세요?

저는 인생에서 다시는 고구마를 안 할 거예요. 고구마는 없어요. 이렇게 결정했어요. 제가 먹을 거 몇 개는 심는데, 수익을 내는 농사로는 다시는 안 할 거예요.

고구마가 심고 나서 특별히 뭘 해줄 것은 없는 거 같은데 아닌가요?

사실, 제가 그때까지 밭농사에 대해서 너무 몰랐어요. 잡초 제거법도 제대로 몰라 잡초와의 전쟁을 했고, 수확할 때는 무거워서 고생했어요.

1인 농가면 정말 혼자서 다 하시는 거예요? 그럴 수는 없을 거 같은데요.

정말 일손이 필요할 때는 인력사무소에 연락을 해서 구해요. 하지만 또 많이는 못 써요. 제가 돈을 못 벌어서 인건비를 줄 여유가 없어요. 하하. 고구마 캐기 같은 경우는 저 혼자 하면 아마 한 달 내내 해야 해서… 그럴 때는 두 명 정도 불러요.

딸기는 어떻게 시작하게 되었나요?

제가 '시'에서 해주는 기술 교육을 받았다고 했잖아요. 거기서 청년을 위한 실습 교육을 만들었어요. 첫 실습 작물이 딸기였죠. 실습이 3개월 정도로 짧게 진행되어 전 과정을 배웠다고 할 수 없었어요. 실습 인원이 두 명밖에 안 되기도 했고요. 그래서 인원을 추가로 모집해서 다음 해에 실습을 다시 진행했어요. 저도 다시 참여했고요. 그렇게 해서 총 11개월 정도 딸기 교육을 받았어요. 제가 연달아 딸기 실습에 참여하니, 센터 직원들은 제가 딸기 농사를 할 생각인 거로 알고 계시더라고요. '딸기, 그럼 한번 해볼까?'라는 생각으로 시작했어요.

그럼 맨땅에 하우스를 지어서 시작한 거네요? 하우스 옆에 고구마 밭이 있나요?

아니요. 고구마 밭이랑은 조금 떨어져 있어요. 고구마 밭은 농지은행에서 임대 받은 거고요. 교육을 다 받고, 이제 농사를 지어야겠다고 마음을 먹은 이후에는 귀농자금을 받았어요. 그걸로 땅을 사고 시설을 지었어요.

어떤 귀농자금을 받으셨어요? 귀농 지원이 다양하더라고요.

저는 65세까지 받을 수 있는 일반 지원이에요. 저 때는 청년창업농 지원은 3년 이자 내고 7년 동안 갚는 거였고, 일반 귀농자금은 5년 이자를 내고 10년 동안 갚는 거였어요. 상환기간이 좀 더 길어서 일반 지원을 받았어요. 제가 시작할 때는 선착순으로 받을 수 있었는데 그다음부터는 지원자가 많아졌는지 서류 내고 면접 보는 방식으로 바뀌었더라고요.

이렇게 시작한 딸기 농사인데… 이제 수익이 좀 났나요? 설마 고구마처럼 망했어요?

망했어요. 망했어요. 완전 망했어요. 하하.

네? 망했어요? 하하.

제가 딸기 하우스 250평짜리 두 동을 해요. 일반 농부들은 한 동에서 3,000~4,000만 원 정도의 소득을 내요. 굉장히 큰돈이잖아요. 두 동이면 최소 6,000만 원이 나와야 하는데 저는 두 동에서 2,400만 원 나왔어요.

아… 하하. 그게 이유가 뭘까요?

그때 일단 딸기에 병이 퍼졌어요. 제가 혼자 하잖아요. 하우스에만 있을 수 있는 게 아니고 여기저기 다녀야 하더라고요. 교육도 받으러 가야 하고, 하우스 고장 나면 고치기도 해야 하고… 또 팔아야 하잖아요. 그러려면 포장도 해야 하고. 그런 식으로 생각하지도 못한 일이 너무 많아 정말 망연자실했어요. '이거 큰일 났다. 대출받아서 벌여놨는데… 내 능력 밖이다' 그랬죠.

이게 언제 일이죠?

2019년 9월부터 2020년 5월까지 이야기예요. 9월이 딸기 심는 시기예요.

그럼 고구마도 망하고… 딸기도 망하고… 그렇지만 그 이후로 점점 나아졌나요?

2020년 9월에… 올해도 망하면 이제 집에 돌아가야 한다. 하하. 이렇게 생각하고 했는데… 또 망한 거예요.

네? 이번에는 뭐가 문제였을까요?

다른 사람들은 다 잘하는데 저는 소득이 이번에는 2,700만 원이 나왔어요.

첫 농사는 2,400만 원이었는데 이번에는 2,700만 원이니까… 300만 원이 올랐네요.

네. 300만 원 올랐어요. 다행인 건 첫 농사는 두 동에서 2,400만 원이었고 두 번째는 한 동에서 2,700만 원이었어요. 다른 한 동은 이상이 생겨서 아예 못 했어요. 그래도 한 동에서 2,700만 원이니까 이제 내가 기술이 좀 좋아졌나 보다 했어요.

한 동은 왜?

그 한 동에 딸기 병이 돌아 완전 망했어요. 그런데 생각해보면 한 동만 했는데 소득은 오른 거니까… 어? 내년에는 그럼 내가 더 잘할 자신이 있는데. 그렇게 생각했죠. 그게 올해예요.

진짜 그러네요.

아직 작기가 다 끝나지는 않았어요. 3, 4, 5월 세 달 남았는데 목표가 4,000만 원이에요. 될 수도 있을 거 같아요.

그런데 제가 보기에는 딸기가 항상 완판인 거 같던데….

아… 하하. 딸기가 워낙 조금 생산되어서 다 팔릴 수밖에 없어요.

그런 거예요? 하하.

보통은 직거래를 해요. 대량으로 30~40박스 사가시는 분들도 있어요. 가공식품 만드는 곳에서도 사고, 동네 주민분들도 사주시고 또 단골도 생기고 해서 팔리기는 다 팔려요.

근데 이게 순이익 4,000만 원을 말씀하시는 게 아니잖아요. 매출이 4,000만 원인 거죠? 여기서 또 비용을 빼야 하잖아요.

하하. 그런데 제가 2,700만 원이었는데 갑자기 6,000만 원을 바랄 수는 없으니까요.

제가 사전조사랑 인스타그램으로 봤을 때는 굉장히 즐기면서 농사를 짓는다는 느낌을 많이 받았거든요. 행복한 농부라고 할까요? 그런 인상을 받았는데….

네. 저는 좋아요. 재밌어요.

망한 이야기를 이렇게 유쾌하게 하기는 힘들 거 같다. 인터뷰 내내 서로 웃음이 터져서 진행이 힘들 정도였다. 사실 웃어도 되나 싶었던 적이 많았는데 지은 농부님이 경험을 너무나 맛깔나게 웃으며 이야기하시니까 울 수도 없는 노릇이었다. 또 농부의 삶에 있어 매우 현실적인 부분이기 때문에 더 생동감 있게 느껴지기도 했다.

지은 농부님은 실패를 통해 배워갔다. 서두르기보다는 문제점을 찾고 해결하며, 부족한 점을 보완해 나가면서 작년보다 나은 올해를 만들어가고 있었다. 그렇다면 실패는 실패가 아니다.

나는 그저 그녀의 이야기를 듣는 사람일 뿐인데 올해는 작년보다 소득이 훨씬 더 많이 나오라고 자꾸 기도하게 되는 건 왜일까?

그렇죠? 자꾸 저희가 망한 이야기를 해서… 약간 슬프신가 했는데 또 망한 이야기를 웃으면서 너무 재밌게 해주셔서. 제가 사진 중에 트랙터라고 하나? 그런 농기계에 타서 찍은 사진을 봤어요. 직접 운전도 하시는 거죠?

아… 제가 농기계를 빌리러 가면요, 한 5분 설명해주세요. 하하. 이렇게 시동을 걸고 전진을 이렇게 하고 후진을 이렇게 하고…. 그리고 바쁘시니까 가버리세요. 그럼 저는 아까 보여주신 시범을 동영상 찍어둬서 보고, 유튜브에서 찾아서 보고 이렇게 저렇게 몇 번 해보고 오케이 해보자 하고 그렇게 출발한 거였어요.

그럼 실제 농기계 교육을 받은 건 아니군요.

그냥 해보는 거죠. 하면서 배우는 거예요. 처음에만 되게 무섭고, 몇 번 해보니까 그렇게 크게 어려운 건 아니구나 생각이 들더니… 몇 번 더 하면 잘할 수 있겠다 싶었어요.

혹시 해보고 싶은 다른 작물이라든가, 어떤 계획이 있을까요?

저는 일단은, 딸기만 잘 키우려고요. 제가 고구마를 해봤다가 또 많이 힘들었기 때문에…. 지금은 한 우물을 좀 파자 이런 생각이에요. 키워보고 싶은 건 너무 많아요. 그런데 일단 딸기 농사를 잘 지어야만 본가로 안 돌아가니까. 하하. 잘 키우고 잘 팔아야죠. 나중에는 논농사를 짓고 싶기는 해요.

인스타그램에서 프로필 사진들을 보았는데요, 그건 어떻게 찍게 되셨나요?

교육받을 때, 자기가 키우는 작물을 가지고 프로필 찍는 시간이 있었어요. '나는 딸기 농부입니다.' 이렇게요. 그때 찍은 거였어요. 온라인 마케팅 교육이었는데, 농산물을 온라인에서 어떻게 판매해야 하는지 알려주면서 프로필도 찍어줬어요.

실질적으로 필요한 교육 내용인 거 같아요.

네, 그렇죠.

미술을 전공하셨는데, 그렇다면 꽤 어릴 때부터 그림을 그리셨을 거 같아요. 미술에 어떤 미련이랄까? 후회한다거나 그런 건 없나요?

그림 그릴 시간이 없어요. 제가 미대를 나왔지만 미술 전공을 살릴

생각은 안 하고 있었어요. 미술 시장이 굉장히 좁고 사실 성공하기도 매우 어렵죠. 하지만 나중에는 농장에서 그림을 그리고 싶어요. 내가 키우는 작물을 그리면 멋있을 거 같아요. 재밌을 것도 같고. 지금은 어렵지만 나중에 내 그림으로 여기 농장을 갤러리로 만들어봐야겠다는 생각을 해보기는 했어요. 그림을 막 다닥다닥 붙여놓는 거 있잖아요.

오, 너무 좋은데요?

그쵸? 커피도 한 잔 할 수 있고.

네네. 커피도 마실 수 있다면 좋겠어요. 하하.

이젤을 가져다놓았어요. 시간 있으면 그리려고요. 그런데 그걸 비옷 같은 거 말리는 용도로 쓰고 있어요. 하하. 그림을 그릴 여유가 전혀 없어요.

부모님께서는 반대하지 않으셨어요?

호주에 갔을 때도 그랬고 여기 올 때도 그랬고 '하고 싶으면 해. 잘해봐'라고 해주셨어요. 그냥 응원하는 스타일이에요. 아빠는 사실 농사 짓는 거 반대하셨어요. 취직을 하지 왜 고생을 하냐 하셨는데, 엄마는 너무 좋아하셨어요.

유튜브는 어떻게 하게 된 거예요?

처음 유튜브 채널에 PD를 해준 친구가 제 농사 이야기가 재밌을 거 같다고 제안했어요. 처음에는 거절했는데, 6개월 뒤 즈음에 한 번 더 제안하더라고요. 그럼 해볼까? 이런 생각이 들어 시작했어요.

그 친구분이랑 계속 같이하시는 거예요?

처음부터 친구가 1년 동안만 도와준다고 했어요. 그래서 2021년에는 같이했고 2022년부터는 혼자 하고 있어요.

유튜브 촬영하고 올리는 데도 시간이 많이 걸리지 않나요?

그래서 지금 너무 바쁜 시기여서 영상을 못 올리고 있어요. 또 제가 영상 편집을 하던 사람이 아니잖아요. 하나씩 공부하면서 편집하는데 지금 제가 방통대까지 다녀요. 농학과에… 공부도 해야 하고 농사도 지어야 해서 정말 바빠요.

와, 정말 바쁘시겠네요. 농사가 5월에 끝나면 6, 7, 8월 딱 3개월 쉬시는 거네요?

그때는 또 모종을 심는 기간이네요. 그런데 모종을 열면 안 되는 기간이 있거든요. 2박 3일. 딱 1년에 그 2박 3일 쉬는 거 같아요.

농부는 너무 바쁘네요. 숨 돌릴 틈이 안 나는 것 같아요.

이런 건지 알았으면 안 했을 수도 있어요. 하하. 회사를 사실 야근이 싫어서 그만뒀는데, 그 두세 배 일을 하고 있어요. 이 인터뷰 끝나고도 딸기 따러 가야 해요.

이렇게 늦게 끝나면 집에 갈 때….

아, 이렇게 딸기 시즌에는 너무 늦게 끝나고 일찍 나와야 해서, 하우스 안쪽에 공간을 만들었어요. 친구가 와서 하는 말이 완전 고물상 같다고. 하하. 제가 생각한 거보다 500배 정도 힘든 거 같아요. 작년에는 이틀에 2시간 잔 적도 있어요. 이러다가 쓰러지겠구나 생각이 들 정도였죠. 그런데 너무 재밌어요. 게임을 밤새서 하잖아요. 재밌으니까…. 저는 그래요, 이게 너무 재밌어요. 하루가 60시간이면 좋겠다고 생각할 때가 많아요. 할 일은 쌓여 있는데 시간이 후딱 지나가 버리니까 시간이 아까워요.

키우고 계신 딸기 자랑을 해주세요.

한 번 사가면 다시 올 수밖에 없는… 그런 자부심은 있어요. 사람들이 '인생딸기 찾았다!' 이런 말씀을 해주셨어요. 제가 그 말을 들을 때 '희열'을 느꼈다고나 할까? 그 말을 또 듣고 싶다는 생각을 했어요. 그래서 더 열심히 하고 싶어요.

너무너무 유쾌한 시간이었습니다. 마지막으로 해주실 말씀 있으세요?

여성 농부여서 힘든 점은 별로 없고, 혼자 해서 힘든 점은 많아요. 개인적인 업무를 하면 저의 농장은 정지상태가 되는 거잖아요. 그래서 적어도 두 명이면 좋겠다, 혼자서 하면 힘든 점이 많다는 생각을 요즘 많이 해요.

지금의 삶에 만족하시는 거네요.

저는 완전히 재밌어요. 야근도 하지만 노래도 들으면서 해요. 회사가 아니니까, 그리고 나만의 것이니까.

농부로서 지은 님의 생활은 일과 삶의 균형, 소위 워라밸이 있는 삶이라고 말할 수 있을까? 1년에 겨우 사나흘을 쉴 수 있고, 때로는 새벽부터 때로는 새벽까지 일해야 한다. 시간적 관점에서 보아도, 공간적 관점에서 보아도 지은 님에게 일과 삶의 구분선은 없다. 그럼에도 그녀는 너무 재미있다고 말한다. 미하이 칙센트미하이가 말하는 몰입의 즐거움을 온전히 느끼고 있는 것 같았다. 일과 삶이 혼연일체가 된 삶, 일이 여가일 수 있고 반대도 될 수 있는 일과 여가가 함께 녹아든 그런 삶 말이다.

나와의 인터뷰가 끝난 시간이 밤 10시 즈음이었던 것으로 기억한다. 그 늦은 시각 하우스에 간다고 했다. 기꺼이 그리고 즐겁게 향했을 것이라 짐작한다. 지은 님이 헤드폰을 끼고 좋아하는 음악을 들으며 키우고 생산하는 딸기는 아마도 지은 님의 긍정 에너지도 듬뿍 담고 있을 것이다. 더할 나위 없이 달콤하게.

미래를 키우는 진짜 청년 농부

최준영

벼농사를 짓는 20세 청년 농부를 만났다. 농사에 대해 아무것도 알지 못하는 내가 "라떼는 말이야…"라는 말이 불쑥 튀어나올까 봐 매우 조심스럽게 인터뷰를 진행했고, '이제 고등학교를 졸업한 친구가 이런 생각까지 하다니' 하며 감탄하기도 했다. 준영 농부님에게야말로 나이는 숫자에 불과했다. 한편으로는 무시할 수 없는 그의 젊음 때문에 지금의 경험이 쌓여 훗날 얼마나 더 멋진 청년이 되어 있을까 기대로 가득 찬 상상도 했다. 청년 농부 준영 님의 열정 가득한 삶을 잠시 들여다보자.

인스타그램: @j_farm_
네이버 스마트스토어: J-FARM(제이팜)

LOWRANC

만나서 반갑습니다. 농부 인터뷰에 참여해주셔서 감사합니다. 농부들의 인스타그램을 보다가 정말 우연히 준영 농부님의 계정을 봤어요. 피드들이 너무 재밌더라고요. 그래서 꼭 만나 뵙고 싶었어요. 간단한 자기소개 부탁드릴게요.

네, 감사합니다. 저도 반갑습니다. 저는 고등학교를 갓 졸업한 스무살 최준영입니다. 현재 경북 예천군에서 약 2만 평 정도 규모의 벼농사를 짓고 있어요. 일반인들이 보기에는 '와~' 하시는데요, 실제 농사 짓는 분들이 보기에는 웃으실 수도 있는 규모입니다.

피드를 보면서 알았는데, 농업계 고등학교인 김천생명과학고등학교를 나오셨더라고요. 우선 어떤 계기로 농업 특성화 고등학교를 진학하게 된 건지 궁금해요.

저는 부모님이 직장을 다니시는 모습을 보면서, 저와는 맞지 않겠다는 생각을 했어요. 운동을 많이 좋아해서 운동 쪽으로 진로를 정할까도 생각했는데, 중학교 1학년 때 즈음부터 아버지께서 회사를 다니시면서 농사를 조금씩 하셨어요. 아버지 농사일에 자주 따라다녔는데 그러다가 자연스럽게 관심을 갖게 되었어요.

인스타그램을 보니까 3대가 짓는 농사라는 말이 있던데 그러면 할아버지, 아버지 그리고 준영 씨 이렇게 3대가 함께 짓는 건가요?

먼저 할아버지께서 이곳 예천에서 농사짓고 계셨어요. 그런데 건강이 안 좋아지시면서 아빠가 돕기 시작하셨고, 이제 제가 그 업을 이어서 함께하고 있어요.

너무 좋네요. 그런 계기들로 고등학교를 선택해서 가신 거네요.

네, 맞아요. 제가 공부를 그렇게 잘하지 못했어요. 관심이 없었던 것 같아요. 인문계는 갈 성적이었지만 그렇게 일반 학교를 가도 공부를 어중간하게 할 거 같았어요. 대구에 공업고등학교가 몇 개 있어서 공고를 갈까도 했지만, 아버지를 따라다니면서 본 것도 있고, 어깨너머 농사에 대해 배운 것도 있고 해서 농고를 선택했어요.

자연스럽게 농업 특성화 학교를 선택한 것 같군요. 고등학교에서 배운 것이라고 할까요? 학교에서의 경험이 많은 도움이 되었나요?

일단은 다른 학교에서는 경험해보지 못할 것들을 경험해볼 수 있었어요. 또 지원도 많아요. 졸업하고 나서 추후에 후계농업 경영인 사업이라든지 산업기능요원이라든지 이런 지원을 할 때 다른 학교 졸업자들에 비해 유리한 점이 많다고 말씀드릴 수 있어요.

제가 인스타그램에서 4H 프로그램에 참여하셨던 사진을 보았어요. 그게 정확히 무엇인가요?

세계적인 단체인데 농업 분야의 교육과 봉사활동을 해요. 인문계 고등학교에도 있고 누구나 다 할 수 있기도 한데 농업 분야에 종사하는 사람들이 좀 더 많이 속해 있어요. 저는 학생4H로 활동했어요.

상장 사진도 많이 보이던데요.

2021년도에 전국 학생4H 부회장으로 활동하면서 임명장과 상을 받았던 피드를 말씀하시는 것 같아요. 7월에 전국 학생4H 임원을 뽑는 선거를 했는데 2등을 해서 부회장이 되었어요. 하하.

거기에서 한 기억에 남는 활동이 있을까요?

사실 코로나19 때문에 비대면 활동이 많았는데, 그게 좀 아쉬운 점이에요. 원래는 활동을 굉장히 많이 하는 단체거든요. 비대면이기는 하지만 '콩심팥심'이라는 과제활동을 했던 게 기억에 남아요. 개인 화분을 만들어서 일지를 작성하고 공유했어요. 임원회의나 임원선거 같은 경우도 작은 국회처럼 진행해요.

4H클럽

실천을 통해 배운다는 취지로 설립된 세계적인 청소년 단체이다. 1902년 농업 구조와 농촌의 생활을 개선하기 위한 목적으로 미국의 알버트 그레이엄(Albert Belmont Graham)이 학생과 공무원을 모아 만든 것을 모태로 한다. 4H는 머리Head, 마음Heart, 건강Health, 손Hands을 의미하는 영단어의 머리글자를 모았다. 한국에서는 지智, 덕德, 노勞, 체體로 번역해 사용한다.
우리나라는 1947년 시작돼 학생들에게 작물 재배, 선진 영농기술, 생활환경보전 등을 교육하였고 1970년대 새마을운동으로 연결되었다. 1979년 한국새마을청소년후원회, 1974년 한국4H연맹을 거쳐 2001년 한국4H본부로 개칭되었다. 4H 탄생 100주년을 맞아 첫 세계대회인 '글로벌 4H 네트워크 세계대회'가 2014년 10월 27일부터 11월 1일까지 서울에서 개최되었다. 이 행사에서 식량, 기아, 기후변화, 에너지 부족 등의 해결방안 모색을 위한 국제회의와 21세기 글로벌 4H운동의 새로운 비전에 대해 공동선언하는 비전 선포식 등의 이벤트가 치러졌다.
한국4H본부에서는 청소년을 대상으로 경진대회, 야영교육, 청소년의 달 행사와 봉사활동 업무 등을 주요 프로그램으로 운영하고 있다.
홈페이지: http://www.korea4-h.or.kr

다양한 활동 사진들을 피드에서 볼 수 있었는데 직업박람회에 참여하셨던 행사 사진 이야기 좀 해주세요.

경북에 있는 직업계 고등학교들이 모여서 학교별 실적을 발표하는 자리이기도 하면서, 중학교 3학년 학생들이 진로를 탐색할 수 있는 기회로 방문도 하는 행사였어요. 저희 학생들 경우에는 기업채용 모의 면접 같은 것도 참여해볼 수 있는 등 취업에 관련된 것들을 다양하게 경험할 수 있어요. 저는 동아리 활동의 실적을 보여주는 부스를 만들어서 참여했어요. 허브 재배를 했는데, 그 허브들을 전시했죠.

중3 학생들이 박람회에 많이 참여하나요?

저도 한 번만 참여했는데, 선생님께 듣기로는 코로나19 때문에 전보다 많은 학생이 방문하지는 않았다고 해요. 그래도 관심 있는 학생들은 적극적으로 이것저것 물어보기도 해요. 사실 농업 분야에 많은 학생이 관심을 갖고 있다고 보기는 어렵기는 해요. 다른 직업군, 실업계 학교들이 좀 더 인기가 있는 것 같아요.

오늘 인터뷰 이전에도 어떤 교육에 다녀오신다고 하셨던 것 같은데요.

신규 농업인 교육 오리엔테이션에 다녀왔어요. 선도농가에서 신규 농업인들에게 직접 농업을 알려주는 교육인데요, 신청했는데 선정되었어요. 농업기술센터에서 주최하고 아무래도 지원을 해주는 사업이다 보니 사업계획서 같은 것을 꼼꼼하게 검토한 후에 선정해요. 그런데 제가 뽑혔다고 해서 오늘 오리엔테이션에 다녀왔어요.

오늘 오리엔테이션에 참석한 분들 중에서 아마도 최연소 농업인이었을 것 같은데요.

맞아요. 저랑 제 친구가 최연소 농업인이었어요. 하하.

우와, 정말 멋있으세요. 정말로요.

제가 제일 나이 어린 농업인이 되는 자리들이 좀 많은데요, 그런 곳에 가면 어르신들께서 잘 선택하셨다는 말씀을 많이 해주세요.

정말로 멋지다. 준영 님은 자신의 20대를 자신만의 방법으로 성실히 그리고 너무나 훌륭하게 준비해왔다는 생각이 들었다. 고등학교에서 제공하는 다양한 기회를 최대한 활용했고, 학교를 졸업한 후에도 본인이 할 수 있는 일들을 찾아서 하나씩 하고 있다. 스무 살이라는 다소 어린 나이는 자리에 따라 득이 될 수도 있고 실이 될 수도 있을 것이다. 내가 느끼기에는 준영 농부님에게 있어 나이는 정말 숫자에 불과하다. 농업인이면서 자영업자인 준영 님에게 배울 점이 한두 개가 아니었다. 무엇보다도 자신이 하고 있는 일에 대한 확신과 열정이 그를 움직이게 하는 원동력임이 너무나 분명하게 느껴졌다.

그런 응원이 힘이 될 거 같아요. 네이버 스마트스토어도 운영하시는 것 같더라고요, 제이팜이라고 해서.

네, 작년부터(2021년) 스마트스토어에 입점해서 판매하고 있어요. 원래는 농협 수매를 했는데, 제가 직접 도정 과정을 거쳐서 스마트스토어에 판매를 시작하게 되었어요.

스마트스토어를 통한 직거래 판매를 생각한 이유가 있을까요?

우선, 저를 좀 알리고 싶었어요. 그런 방법으로 스마트스토어가 좋은 경로라고 생각했고요. 또 직거래도 해보고 싶었던 생각이 예전부터 있었어요. 그래서 시작하게 되었어요.

'저를 알리고 싶었어요'가 어떤 의미일까요?

일단 '쌀'이 우리나라의 대표 곡물이잖아요. 국내 농업의 많은 비중을 차지하는 곡물이고요. 그렇다 보니 경쟁력이 있어야 하겠더라고

요. 직거래 경쟁력을 키우려면 저의 브랜드 '제이팜' 이름을 알려야겠다고 생각했어요.

그럼 지금까지 스마트스토어 운영해보신 소감이 궁금해요.

솔직히 말씀드리면 첫해에는 홍보가 많이 덜 된 부분이 있었어요. 물론 인스타그램으로 수확 과정이나 도정 과정 등을 올리기는 했지만요. 소비자들이 기존에 직거래하는 곳들에서 구매를 많이 하세요. 쌀이 특히 그런 것 같아요. 새로운 고객을 만들기가 어려워요.

신규고객을 유치하기 어려운 품목이군요.

네, 그렇죠. 한 번 구매한 고객이 밥맛을 보고 다시 구매해주세요. 그렇게 단골고객이 주문해주시는 경우가 대부분이에요.

생산부터 판매까지 전 과정을 해본 소감이랄까? 그런 것이 있다면 말씀해주실 수 있나요?

제 경우에는 '제이팜' 쌀 포장지 디자인부터 참여했어요. 제 의견이 들어간 이미지를 로고로 만들었어요. 직접 재배한 쌀이 제가 만든 로고가 찍힌 포장지에 담겼을 때 그 기분, 음… 뭐라 설명하기는 어려운데… 한 번도 느껴보지 못했던 그런 감정을 느꼈어요.

정말 그럴 거 같아요. 디자인에 참여한 로고가 포장지에 있는 귀여운 얼굴 이미지 말씀하시는 거죠?

네, 맞아요. 제가 손을 들고 있는 일러스트 이미지인데요, 제가 유치원 다닐 때 찍은 사진에서 따 왔어요. 학교에서 영농 창업 지원으로 상표디자인 만드는 수업이 있었는데 그때 만든 로고예요.

청년 농부 이미지랑 너무 잘 맞아서 이 로고가 어떻게 탄생했는지 궁금했어요. 로고가 나오고, 명함이 나오고, 포장지가 나왔을 때 이제 정말 '내가 하는 거다'라는 실감이 났을 거 같아요.

네, 맞아요. 솔직히 명함이 나왔을 때도 친구들이 좀 '오~' 그런 반응이랄까요. 그런 게 있었어요, 하하.

혹시 남들보다 어린 나이에 시작하셔서 힘든 점이랄까? 그런 부분

이 있을까요?

어… 사실 속상했던 적이 있었어요. 공공기관에서 행정적인 절차를 밟아야 할 때 좀 어리다고 무시하는 느낌을 받았던 적이 있어요. 또 어린 나이에 시작해서 힘든 부분은 아니지만 세무나 회계 이런 부분도 어려워요. 회계 정리 책도 사서 보고 그랬어요. 어쨌든 제가 해야 하는 거니까. 스마트스토어는 자동으로 매출이 정리되고 통계자료를 제공해주어서 아직까지 직접 해야 하는 부분은 없지만, 언젠가는 제가 해야 한다는 생각을 갖고 있어요. 알아둬야 하는 부분들도 있고요.

사실 저조차도 인스타그램을 통해 준영 농부님을 봤을 때 정말로

농사를 짓는 건가? 학교에서 실습하는 건가? 이렇게 생각했던 적이 있어요. 그런데 피드를 계속 보니까 정말로 하시는 거더라고요. 대단하시다고 생각했어요. 진로를 일찍 정하셨고 또 열심히 하시고요.

마을분들이나 농사짓는 어른들이 격려도 많이 해주시고 응원도 해주세요. 일찍 시작한 걸 정말 잘했다고 해주는 분들이 많아요. 또 제 고객은 대부분 서울에 사시는데 학생이 해서 믿음이 간다고 해주시는 분들도 있으셨어요. 청년 농부의 열정이 느껴진다고 말씀해주시기도 했어요. 보람을 느낀 순간이었어요.

쌀 자랑을 한 번 해주실 수 있어요?

우리나라에서 생산되는 쌀이 품질이 다 좋아요. 그래서 더 경쟁이 어려운 것 같아요. 그래도 저만의 자랑이라고 할 수 있는 게 스마트스토어나 SNS를 통해 농사의 전 과정을 공유한다는 점입니다. 이게 고객님들께 말씀드릴 수 있는 저의 가장 큰 장점인 것 같아요. 단골고객이 생긴다는 걸 요즘 좀 알게 되었어요. 제가 스토어에서 지난 12월부터 판매를 시작했는데, 이번에 보니까 3차 구매해주신 분들이 계시더라고요. 서울 직거래 장터에 참여했을 때 쌀을 사주신 분도 있었어요.

서울 직거래 장터라… 그건 어떤 행사인가요?

서울 동대문 디자인플라자에서 열린 '얼굴 있는 농부' 행사에요. 쌀을 1kg씩 담아서 판매했는데, 그때 고객이 된 분 중 두 분이 스마트스토어로 계속 구매해주고 있으세요. 주변에 소개도 해주시는 것 같고요. 친구 부모님이나 친척들도 구매해주시고요. 좋은 리뷰도 계속 달아주세요. 솔직히 안 좋은 리뷰도 받아보고 싶어요. 그런 경우에는 어떻게 대처해야 하나 이런 걸 배울 수 있을 것 같아서요.

하하. 이런 말씀드리기는 뭐하지만, 그런 부분은 걱정 안 하셔도 될 것 같아요. 꼭 한 분씩은 나타나는 것 같더라고요.

사실은 제가 그런 리뷰를 통해서 개선해야 할 점들을 알 수 있다고 생각해서예요. 뭐 포장 상태라든지, 아니면 밥 지었을 때의 밥 '맛'이라든지요. 저는 고객님께 전화해서 확인하기도 해요. 솔직한 피드백을 부탁드리기도 하고요.

와, 저 솔직히 지금 말씀에서 너무 감동받았어요. 판매 이후까지 세심하게 신경 쓰는 게 쉽지만은 않잖아요.

부족한 점을 고쳐나가야 저도 발전하고 소비자분들도 만족하신다고 생각해요.

배우려고 하는 자세라고 할까요? 마인드가 좋아서 대성하실 것 같아요. 소비자 입장에서 너무 감동적이에요.

사실 포장지만도 다섯 번 정도의 수정이 있었어요. 그 결과 지금의 포장지가 나왔어요. 포장 제작 문제로 첫 판매가 늦어져서 12월에야 시작했죠.

그럼 올해는 좀 더 일찍 햅쌀을 판매하실 수 있겠네요.

네, 이제는 바로 판매할 수 있어요. 하하.

작년의 나와 올해의 나를 비교한다면 어떤 평가를 스스로에게 줄 수 있을까요?

농사를 전문적으로 짓는 분들에 비해 경력이 아주 많이 짧기 때문에 저 스스로도 부족했다고 생각해요. 판매보다도 일단 농사 자체에서요. 기후도 매년 같지 않기 때문에 그에 맞게 농사도 매년 다르다고 볼 수 있어요. 그런 건 경험이 정말 중요한 것 같아요.

지금까지 매우 바빴던 거 같아요. 농사에 포장지 제작에, 도시농업관리사 자격증 취득 준비도 했고요. 제가 자격증 욕심이 좀 있고 학교에서 지원해주기도 해서요. 논이 있는 예천과 학교가 있는 김천을 왔다 갔다 하면서 정말 바쁘게 보냈어요.

학교 다니면서 농사짓는 거, 잠깐 상상해보아도 바쁘셨을 것 같아요. 혹시 쌀 이외 다른 농사 계획이 있으세요?

사실 해보고 싶은 게 많아서 고민이에요. 한 번 정하면 앞으로 10~20년을 생각해야 하잖아요. 현재 수요가 많은 서리태, 백태, 고추, 참깨, 들깨의 밭작물도 하고 있기는 해요. 논농사만큼의 규모는 아니지만요. 앞으로 스마트팜 시설 재배를 생각하고 있고, 또 소 사육도 염두에 두고 있어요. 예천이 한우가 유명하거든요.

아! 예천 한우. 들어본 적이 있는 거 같아요.

네, 유명해요.

제가 사전 인터뷰에서 농사를 잘 짓기 위해 노력한 점에 대해 질문드렸는데 답변으로 콩 이야기를 해주셨던 것이 기억이 나요. 그것에 대해 조금 더 이야기해주세요.

제가 콩을 파종하고 나서 새가 쪼아 먹지 못하도록 한낮에 밭을 지킨 이야기죠. 의자를 가져다 두고 그 의자에 우산을 붙여서 파라솔처럼 고정시켜 놓은 다음에 계속 앉아 있었어요. 하하. 굉장히 아날로그적인 방법이지만 재미있었고 보람차기도 했어요. 지금 저의 까만 얼굴이 그런 노력의 결과라고 말씀드릴 수 있어요. 논밭에는 그늘이 없어요. 모든 농부들이 다 그럴 겁니다. 일반 자외선 차단제는 땀에 줄줄 흘러내려서 사용하지도 못하거든요. 가끔 제 친구들을 만나면 저의 까매진 피부를 보고 깜짝 놀라곤 해요.

마지막으로 준영 님 취미 이야기를 듣고 싶어요. 낚시하시는 영상을 봤어요.

사실, 이 취미도 어떻게 보면 시골과 연관되어 있어요. 낚시를 시작한 계기가 시골에서 멀리 안 나가고 잠깐잠깐 할 수 있는 걸 찾다가 우연히 아버지를 따라나서면서 저의 취미가 된 거거든요. 시골에서 농사짓는 어른들을 보면 정말 일만 하세요. 365일 중에 360일은 일하시는 거 같아요. 농부도 놀 때는 놀아야 또 농사도 열심히 지을 수 있다고 생각해요.

낚시도 열정적으로 하시는 것 같아요. 배 운전도 직접 하시고, 대회도 나가시고요.

취미로 하다 전문적으로 해보고 싶다는 욕심이 생기더라고요. 아버지가 낚시를 굉장히 오래하시기도 했고요. 아버지와 함께 즐기기에도 좋을 것 같아서 시간될 때마다 함께하고 있어요. 아버지와 대회도 가끔 나가는데 좋은 추억이 되는 것 같아요.

아버지를 따라나선 낚시가 아들의 취미가 되고, 그렇게 아버지와 아들이 함께하는 시간이 만들어진다. 준영 농부님은 낚시도 대충하지 않는다. 배를 운전하기 위해 면허도 취득하고, 프로가 되기 위해 열정적으로 배운다. 아버님은 어떤 마음이실까? 모르기는 몰라도 분명 아들이 자랑스러울 것 같다. 아들이 지금까지 보여준 성실함

을 믿고 무엇이든 응원해준 게 아닐까? 아니, 어쩌면 그런 성실함과 진취적 사고를 몸소 보여준 부모님에게서 준영 님이 받은 자산일 수도 있겠다.

걱정과 염려가 지나쳐 어떤 것도 시작하지 못하는 많은 청년에게 이 부자는 어떤 메시지를 주는 것 같다. 아들이 노력해서 하나씩 이루어나가는 모습을 지켜보는 아버님의 흐뭇한 얼굴이 그려진다. 미래의 어느 날, 아들의 낚시를 따라나선 아버님의 모습도.

끊임없는 도전, 여성 농민

김원숙

나주 김원숙 농부님을 만났다. 나주는 예로부터 유명한 곡창지대이고 나주배, 나주곰탕 등으로 유명세를 떨친다. 김원숙 농부님과의 인연은 꽤 오래되었다. 만날 때마다 너무 바쁜 그녀의 농부로서의 삶이 정말 궁금했다. 오랜만에 연락을 드렸더니 지금은 유채농사를 짓는다고 하셨다. 인터뷰 과정에서 여전히 벼농사도 지으시고, 그 쌀로 식혜도 만들어 팔고 있다는 것을 알게 되었다. 뿐만 아니라 여성농민회의 일원으로 토종씨앗 보존에도 앞장서고 계셨다. 남편을 포함해 몇몇 농부들과 법인을 만들어 흑마늘과 두부도 만들어 판매했다. 이 정도면 안 바쁜 게 이상하다. 끊임없이 연구하고 발전하고 있는 34년 베테랑 농부 김원숙 님의 이야기를 들어보자.

안녕하세요. 너무 오랜만에 봬요. 잘 지내셨죠?

그러니까요. 이렇게 또 만나네요.

정말 궁금한 게 많았는데 이렇게 인터뷰에 응해주셔서 너무 감사해요. 간단한 소개 부탁드릴게요.

저는 김원숙입니다. 나주에서 30년 넘게 농부로 살고 있어요. 농사도 짓고, 영농법인도 운영합니다.

인터뷰 요청으로 전화드렸을 때, 요즘은 유채유 만드는 일을 하신다고 하셨잖아요. 갑자기 유채유는 어떤 동기로 시작하셨어요?

우리나라가 자체적으로 식용유를 생산하지 못하고 있어요.

그럼 전량 수입이라는 말씀이세요? 그래서 국산 식용유에 관심을 갖고 유채를 시작하신 건가요?

우리나라 자체적으로 식용유 자급률이 기본적으로 어느 정도 되어야 하지 않겠나 이런 생각을 했죠. 유채가 남도에서는 보리 대신에 심을 수 있는 작물이에요. 보리하고 파종 시기가 똑같거든요. 10월에 파종했다가 2월에 수확해요. 그래서 논에다가 이모작으로 유채를 심었죠. 꽃이 예뻐서 경관도 아름답고 씨도 기름을 짜기에 좋아요. 또 꽃이 있으니까, 양봉 있잖아요? 이 유채꽃이 오래 피거든요, 그래서 양봉도 할 수 있어요. 유채가 가진 매력이 다양하고 장점이 굉장히 많더라고요. 기름이 물론 주목적인데, 경관을 아름답게 한다고 해서 꽃을 심으면 지원금 같은 것도 주고 그래요. 이런 작물들이 몇 개 있는데, 꽃이 피면 들판이 정말 아름다워요.

오, 그럼 저희 오늘 유채꽃밭 가는 건가요?

아니, 다 떨어졌죠. 5월에 다 떨어져요.

그럼 지금은 밭에 어떤 작물이 있나요?

이번에 밭에 그냥 옥수수랑 땅콩이랑 좀 심어놨어요. 토종 땅콩이랑 토종 옥수수요. 제가 지금 토종씨앗 보존 운동도 하고 있어요.

그 부분도 제가 궁금했는데, 토종씨앗 보존 운동은 개인이 하시는 건지 아니면 어떤 단체에서 하는 건지요?

우리 여성농민회에서 토종농사를 해보자, 그래서 먼저 토종씨앗 보

존 운동을 시작했어요.

저도 제주에서 예술가이시면서 텃밭하시는 분을 만났는데 그분도 토종씨앗 보존 운동을 하시더라고요. 제 개인적으로는 어떤 소명의식을 갖고 있다고 느꼈어요. 멋진 일이라고 생각했고요.

종 다양성 차원에서도 필요한 일이에요. 그런데 사실 토종씨앗이 수확량이 적어요. 여러 가지로 상품성이 떨어지기도 하고요. 그래서 대중화라고 할까 그런 건 좀 어렵더라고요. 개량하지 않으면. 하지만 토종씨앗이 매력이랄까, 장점도 있어요. 예전부터 우리나라, 우리 땅에서 나고 자란 것들이잖아요. 병해 등에 강한 것들도 있어서 좋은 종자들이 다시 살아나게 해줘야 하지 않을까 생각해요. 사실 우리나라에 기술은 충분히 있지만 연구 투자를 안 하는 것 같아요.

그럼 이번에 심은 옥수수와 땅콩도 파시는 거죠?

팔죠. 여성농민회에서 수매해줘요.

그러면 소비자는 토종작물들을 어디서 구매할 수 있나요?

언니네텃밭이라는 인터넷 쇼핑몰이 있어요. 거기서 판매해요. 거기 들어가면 전국의 여성 농민들이 농사지은 토종작물들을 판매해요.

(토종작물) 판매가 잘되나요? 수익성이 좀 있는지….

잘 안 되죠. 많이들 안 하시기도 하고, 욕 얻어 듣기도 해요. 돈도 안 되는 거 한다고. 하하.

언니네텃밭은 저도 들어본 적이 있는데, 꽤 유명하지 않나요?

잘되고 있는지는 모르겠지만, 그래도 오래되었잖아요. 그래서 좀 알려진 거 같기도 해요. 또 소비자들, 우리 농산품이나 친환경 농산물 이런 쪽으로 관심이 있는 소비자들이 계속 이용해주시는 것 같아요.

씨앗은 신비롭다. 작은 씨앗이 품고 있는 힘은 말로 형언할 수 없을 정도이다. 텃밭에 작은 농사를 지으면서 씨앗에서 떡잎이 발아하는 걸 지켜본다는 것은 굉장하고 짜릿한 행운이었다. 이 땅에서 오랜 시간 견뎌온 토종작물과 그 씨앗을 보존하는 것은 어찌 보면 당연한 일이다. 하지만 수입작물의 시장점유율이 점차 커지고, 국내 토종작물이라도 생산성이 좋은 것들만 지속적으로 재배되면서 그 이외 다양한 토종작물들이 사람들의 관심 밖으로 밀려났다. 토종작물들은 어른들의 추억 속에만 존재하는 듯했다. 누군가는 이러한 것에 관심을 갖고 보존하려고 노력하고 대중에게 끊임없이 소개하려고 하는데 그 중심에 여성농민회가 있다. 김원숙 농부님은 이런 것을 보존하고 발전시키는 데 힘 있는 기관이 나서지 않는 것을 지적

갓끈동부
개골팥
밤 콩
아주까리 밤콩
퍼렁콩
흰 당근

했다. 기술이 없어서라는 말은 최첨단 기술을 자랑하는 한국에서는 나올 수 없는 변명이다. 우리 땅의 기를 받고 한국인들과 함께 살아온 토종씨앗에 관심이 모아져야 할 때이다. 돈이 되니까 하겠지, 이런 말을 할 수는 없을 것이다. 오히려 소중하게 생각해주어 너무 감사하다. 최고로 멋진 농부 언니들이다.

판매에 대해서 말이 나와서요. 식혜도 만들어서 판매하시잖아요?

제가 쌀농사를 지어요. 개인적으로 4,000평 정도. 요즘 시중에서 판매하는 식혜는 유통기한이 길어요. 사실 그렇게 길 수가 없어요. 또 맛이 너무 달기도 하고. 그런 이유로 우리 전통음료인 식혜를 전통적인 맛 그대로 살려서 내가 농사지은 현미로 한 번 만들어보자라고 생각했어요. 그렇게 식혜를 만들어서 언니네텃밭 꾸러미 할 때 하나씩 넣어서 보내봤는데, 반응이 좋았어요. 그 계기로 만들어서 나주 로컬푸드마켓에서 판매하고 있어요. 인터넷에서도 판매하고요. ('김원숙의 현미식혜'라고 검색하면 된다.)

가공을 하려면 시설 허가를 받아야 하지 않나요?

그래서 저희가 영농법인이 있어요. 저도 마늘, 유채농사를 짓지만 다른 농민들이 하는 원재료도 법인에서 사들여서 가공해요. 가공은 허가가 난 시설에서만 가능해요.

그럼 법인에서 가공해서 판매하는 거네요?

네, 맞아요. 그렇게 흑마늘, 식혜, 유채유, 두부 등을 가공해서 판매하고 있어요.

사실 김원숙 농부님 영문과 나오셨잖아요? 특히나 그 시대에 영문과 나오면 다른 일을 하셔도 되었을 것 같은데… 농민으로 살게 된 어떤 계기가 있을까요?

그게… 내가 85학번이니까, 그땐 학생운동이 엄청 활발하던 시기잖아요. 어떤 대안이라고 할까? 어떠한 세상을 만들 것인가, 이런 생각을 많이 하고 토론도 많이 했어요. 굉장히… 하하. 그런 고민 끝에 농민이 되어야겠다고 생각했고 전공을 살리지 않고 농사를 시작했죠. 옛날에 고등학교 때에는 외무고시 보고 싶어 영문과를 갔는데, 농촌에 들어와서 농민으로 살아야지 하고 대학 4학년 때 결정을 했죠. 시

골에 와서 농사한 지 34년 정도 된 거 같아요.

우리가 빈농이에요. 하하. 빈농. 땅이 없었어요. 땅이 없으면 농사 지어도 소득이 안 남아요. 임대료 나가고 나면 소득이라고 할 만한 게 없죠. 그래서 먹고살기 위해서 농사지으면서 학원을 운영했어요. 안 그럼 우리 가정이 버텨 나갈 수가 없더라고요. 학원을 거의 20년을 했어요. 학원하면서도 너무 힘들었어요.

제가 기억하는 작물만도 여러 개가 있는데요, 처음 농사지은 작물은 무엇이었나요?

처음에 우리는 논농사만 지었어요. 고추농사 조금 짓고. 그러고 나서 배 농사를 지었죠. 배 과수원을 한 10년 했는데, 내 기억에 배 농사를 해서 돈을 번 기억이 없는 거 같아요. 하하. 나중에 계산을 해보면 내가 학원에서 번 돈으로 인부들 밥해주고 이런 데 돈이 다 들어갔어요. 학원에서 번 돈이 더 많았던 거 같아요.

그 정도로 이익이 안 남았군요. 배꽃이 활짝 피었을 그 시기에 배밭에 간 기억이 나요. 굉장히 예뻤는데… 하하. 그리고 제가 유정란 판매하신 것도 기억나고요.

네, 맞아요. 배 밭에서 방사 유정란을 해 그걸 다 직거래했죠. 먹고사는 게 정말 전쟁이었어요. 그때는 제가 집집마다 배달했어요.

그때 유정란 잘 팔리지 않았나요?

잘 팔렸어요. 우리 유정란이 맛있어서 달걀이 남은 적이 없어요. 없어서 못 팔았죠. 그런데 방사를 해서 닭을 키우면 산란율이 낮아요. 오로지 알만 낳게 철장 속에서 꼼짝 못하게 키워지는 닭들은 거의 매일 낳는데, 우리 닭들은 놀고 다니느라 에너지를 소비하다 보니까 2~3일에 한 번씩 낳았어요. 하하. 그리고 사료 안에 산란 촉진제 같은 게 들었는데 우리 닭들은 다른 맛있는 것들이 많으니까 사료를 잘 안 먹잖아요. 그러니까 산란율이 떨어졌어요. 그래도 인기가 많았어요.

이야기만 들어도 확실히 달걀이 좋았을 거 같아요.

우리 몸에는 엄청 좋죠. 닭들이 땅을 헤집어서 벌레를 먹는데 선수잖아요. 풀도 먹고. 아무래도 영양가가 있죠. 나는 그렇게 생각해요. 학자들 중에는 유정란이나 무정란이나 영양에 큰 차이가 없다고 하는 사람도 있어요. 그런데 우리가 분석할 수 없는 영양분, '기氣'라는 게 있잖아요. 땅이 갖고 있는 기, 생명이 그 알에 들어 있다고 생각해요. 사람도 기가 빠지면 죽는다고 하잖아요. 내가 헛소리를 하네 지금. 하하. 그런데 자연이 가진 힘, 이건 반드시 있다고 믿어요. 요즘 방울토마토 같은 것들도 양액재배라고 해서 흙이 아니라 배지에서 필요한 필수 영양분을 줘서 키워요. 그럼 일정하게 자라죠. 저는 양액재배는 안 사먹고 토경재배만 사먹어요.

소비자들은 어떻게 알 수 있어요?

가격표 있는 라벨에 보면 수경재배, 토경재배라고 표시가 있어요. 또 나주 로컬마켓에 가면 생산자 이름을 봐요. 그럼 또 누군지 알아요, 거의. 나는 뿌리가 땅속에서 자라 온갖 미네랄이라든지 미생물을 먹고 자란 작물이 좋아요.

제가 작년부터 텃밭을 하는데요. 작년에 심은 토마토가 정말 너무 잘되었어요. 뭐랄까? 탱탱하고 속이 딴딴하다고 할까? 그래서 다들 맛있다고 했어요. 올해도 잘될지는 모르겠는데, 아마 땅속의 기를 받아서 그랬나 보네요. 여전히 나주는 배 농사 많이 짓죠?

많이 짓지만 아주 많이많이 줄었어요. 우선 인력난이 심각해요. 일할 사람을 구하기가 어려워요. 배도 솎고 하는 걸 적기에 해야 하는데, 인건비나 농약 값이나 필요한 자재 값은 매년 올라가는데 배 가격은 떨어지고 있어요.

일할 사람이 턱없이 부족하다는 말씀이시네요.

일할 사람에 대해 이야기를 좀 더 하자면, 벼를 심기 이전에 물 길 자리에 하우스를 설치해서 미나리를 심어 키워서 팔아요. 그럼 벼 심을 시기가 되면 하우스를 철거해야 하는데, 이런 일은 힘이 많이 들어 여성 농민들이 하기가 좀 어렵죠. 그런 건 남성 농민이나 이런 일만 해주는 사람들이 필요해요. 그래서 외국인 노동자를 주로 써요. 추운 하우스 안에서 일하려고 하는 사람도 별로 없는데 코로나19 이후 외국인 노동자들이 줄어 겨울에 미나리를 못 한 농민들도 많았어요. 미나리 농사도 점점 안 하고 있어요. 인건비가 엄청 올랐어요. 일하시는 분들 입장에서는 인건비를 더 주는 곳으로 가는 게 맞잖아요. 여유가 없는 농민들은 더 어렵게 되었죠.

그럼 아까 농사 이야기를 좀 더 하자면, 배 농사도 지으시고 방사유정란도 판매하시다가 이제 유채농사를 하게 되신 건가요?

내가 너무 힘이 들어서 배 농사를 그만뒀어요. 우리가 연구를 해서 유채유 만드는 데 주력을 해보자라고 마음을 먹었죠. 아까 말했듯이 유채가 가진 매력들, 우선 꽃이 예쁘고 또 씨로 기름을 짜고 등의 이유로요. 우리가 약 6,500평을 하는데, 주변에 유채하시는 분들이 또 있어요. 유채가 다 피면 장관이죠. 정말 예뻐요. 그런데 올해 같은 경우에는 겨울에 너무 추워서인지 작황이 별로 좋지 않았어요. 꽃이 금방 시들었다고 할까?

기후의 영향을 받은 거네요?

그렇죠. 내가 아무리 잘하고 싶어도 기후가 협조를 안 해주면 망하는 거죠. 그래서 농업의 특성을 정부가 좀 알아줬으면 해요. 농사는 기계가 고장 난 것과는 다르죠. 기계는 이상이 있는 곳을 찾아 고치면 되지만, 농사는 한계가 있어요. 기술이 발전하고 농민들이 아무리 노력해도 기후, 날씨가 도와주지 않으면 할 수 없는 일들이 많죠.

농부들이 기후위기를 제일 빨리, 그리고 제일 많이 체감한다고 하더라고요.

그럼요. 지금 엄청 가물었거든요. 농작물은 바로 알아요. 저도 지금 매일 물 주느라 바빠요. 비가 오면 될 일이잖아요, 사실.

또 다른 농부님들과의 인터뷰에서도 인력 문제를 말씀하셨어요.

생각보다 이 문제가 심각한 것 같아요.

제일 심각해요. 인력 문제는 좀 더 국가가 적극적으로 관리해주었으면 하는 바람이 있어요. 농촌 인력난이 심각해 농사를 더 짓고 싶어도 못해요. 청년 농부를 하려는 사람들이 있다고 하는데 청년 농부도 부모가 이미 농사를 짓거나 땅을 갖고 있으면 진입장벽이 어려운 건 아니니까 지을 수 있고 실제로 짓는 사람도 많아요. 하지만 그냥 농사 짓고 싶어서 오는 청년들은 버티기가 어렵죠. 기계도 임대해야 하고, 땅도 임대해야 하고. 물론 농어촌공사에서 해준다고는 하지만 내 생각에 시골에 와서 정착하겠다 하는 거 자체가 쉬운 일은 아니에요.

지금 청년 농부 정책이 전보다 좋아지는지는 잘 모르겠지만, 이번 선거 때 보니까 청년 농민에 대한 지원 정책이 공약으로 나오더라고요. 다양한 방법이 있는 거 같아요. 나는 이런 생각도 나 혼자 해봤는데, 공무원처럼 하는 거예요. 사실 농번기 때는 일반 공무원처럼 일할 수 없겠지만, 농번기가 아닐 때는 많이 쉬고, 거주할 곳도 주고, 4대 보험도 보장해주고, 월급으로 주면 농사 경험을 쌓고 싶은 청년들에게는 기회가 될 수 있을 거 같아요.

실제로 제가 듣기로는 고흥인가, 거기는 청년 농부들이 모여 살 수 있도록 거주할 곳을 제공한다고 해요. 사실 각자가 어떤 동네에 들어가서 농사짓고 사는 건 외로울 수 있거든요. 농사짓는 청년들끼리 교류하고, 서로 의지하면서 버틸 수 있는 거죠. 또 정착을 준비하면서 지역에서 여러 경험도 하면서 나에게 맞는 작물을 찾는 약간 인턴 같은 제도가 있으면 청년들이 더 농촌에 자리를 잡을 수 있을 것 같아요.

일정 기간 머무르면서, 지역의 농업 인프라를 통해 다양한 경험을 해보는 과정을 거쳐 미래의 농부로 육성하는 제도를 만들면 좋겠네요.

무작정 와서 하면 어렵고, 외롭기도 하고, 버티기가 힘들죠. 또 부모랑 농사짓는 것도 무조건 좋지는 않을 수 있어요. 생각이나 재배하고 싶은 작물이 다를 수 있거든요. 그래서 청년의 특성에 맞게 함께 공유할 수 있는 거주환경을 만들어주면 효과가 있을 것 같아요. 뭐 요즘 빈집 개조해서 무상임대를 해주는 방법도 있는 것 같은데, 그것도 그런 집이 모여 있는 마을이 아니고서는 나는 청년들이 못 산다고 생각해요. 나도 못 살아요. 하하. 개인적으로는 그런 거주공간도 마을 중심지, 시내에 있어야 한다고 여겨요. 아이들 학교 문제도 있으니까요. 여기 나주도 나주 시내에 살면서 출퇴근해 농사짓는 사람들이 많아요. 아무리 멀어도 나주 안은 30분이면 가니까. 청년들이 일 끝나고 카페도 가고 노래방도 가고 그렇게 지내야죠. 정말 시골 빈집 주는 건 아니라고 생각해요. 우리끼리도 그런 이야기를 많이 하거든요. 농사짓는 청년들이라 지방에 살지만 그 청년들만의 문화를 즐길 수 있는 거주환경을 만들어줘야 한다라고요.

청년 농민들이 버틸 수 있는 환경을 제공해주어야 한다….

그렇죠. 그들이 또 결혼해서 정착하면 더 좋고요. 사실 그런 거주환경 만들기가 돈이 많이 드는 것도 아닌 것 같거든요. 지자체 예산을 이 젊은 친구들을 위해서 쓰면 좋겠어요.

자녀 교육 문제도 그렇고요.

맞아요. 젊은 농민들이 와서 결혼해서 살면 참 좋은데, 사실 교육 시설도 부족하거든요. 나도 우리 아이들 어릴 때 피아노 학원 보내고 싶었는데 못 보냈어요. 학원이 있어도 좀 멀면, 농번기 때는 픽업하러 다니기도 힘들어요.

우선 시범사업으로라도 해보면 좋을 것 같아요. 그러면 그 결과에 따라 더 확장하거나 다른 지자체에서도 할 수 있고요. 지금까지의 이야기가 정말 농사를 사랑하고, 오랫동안 농업에 종사한 분이기 때문에 가능한 쓴소리인 거 같아요. 그렇게 많은 어려움에도 여전히 농사를 짓는 이유랄까? 그런 게 있을까요?

일단은 신념이죠. 그리고 나이가 들면서 느끼는 건데, 나는 작물을 계속 보고 싶어요. 내가 심은 작물이 궁금하고, 자라는 걸 보는 게 좋아요. 돈을 떠나서 작물을 키우는 과정 자체가 좋아요. 정서적으로도 좋은 것 같아요. 물론 첫 번째는 신념이죠. 농사를 짓는 사람은 반드시 필요하다는 신념.

김원숙 님은 청년 농부를 진심으로 응원했다. 아마 대학 4학년이라는 청년 시기에 농촌으로 왔기 때문에 그 누구보다도 청년 농부의 삶을 이해하고 있어서일지도 모르겠다. 여러 작물을 키우고, 학원도 운영하면서 네 자녀를 훌륭하게 키운 어머니이기도 하다. 작은 체구에서 뿜어져 나오는 에너지는 실로 대단했다. 20년 전이나 지금이나 늘 한결같은 미소이다. 자신이 하고 있는 일에 대한 확신 그리고 그 확신을 실현해내기 위한 연구와 노력은 김원숙 님과 남편 임동성 님에게는 몸에 배인 습관처럼 보인다. 작물이 늘 궁금하고 얼마나 성장했는지를 보면 예쁘고 뿌듯하다는 김원숙 농부님의 앞으로가 그래서 더욱 궁금해진다.

"감자가 한참 클 시기인 4~5월에 비가 너무 적게 와서 감자알이 대부분 작습니다. 토양살충제 대신 유황가루를 뿌려 재배했고 제초제를 치지 않아 가뭄에도 무성한 풀과 뿌리와 싸움하느라 이쁘지 않은 알이 많습니다. 화학비료도 하지 않았습니다…. 극심한 가뭄으로 수확량이 적어 속상하지만 건강한 감자를 나눌 수 있는 농민이어서 행복합니다."

_언니네텃밭, 김원숙 농부의 수미감자 판매 글 중에서

에필로그

우리의 이야기를 마치며

다양한 사람들을 만나 인터뷰해보고 싶다는 생각은 늘 갖고 있었다. 자칭 'WE, PEOPLE'이라는 개인 프로젝트를 계획하고 언젠가 실행에 옮기기를 꿈꿔왔다. 텃밭을 가꾸고 농부들의 삶에 대한 관심이 커지면서 'FARMERS'라는 첫 번째 카테고리를 만들고 관심을 갖고 있었던 농부님들께 무작정 인터뷰 요청 메시지를 보냈다. 전국의 여러 농부님들께서 다소 엉뚱할 수 있는 나의 제안에 흔쾌히 응해주셨다. 매체에 자주 등장하는 성공스토리를 전하고 싶었던 것이 아니라 말 그대로 농부의 삶은 어떠한지를 듣고 전하고 싶었다.

호기롭게 시작했지만 농부님들과의 인터뷰가 수월하게 진행된 것만은 아니다. 내가 농업에 대해 아는 것이 많지 않아 더욱 그랬다. 책에는 담지 못했지만 강원도 평창에서 배추와 고추 농사를 짓는 원인자 농부님께 처음 연락을 드렸던 것이 생각난다. 아무것도 몰랐던 나는 배추를 몇 포기 심는지 여쭤보았다.

"몇 포기가 아니라… 몇 포기인지는 정확히 나도 몰라요. 몇 평 밭에 심어요."

이런 대답과 함께 사진을 보내주셨는데, 그걸 보고 한참 웃었다. 처음과 끝이 어디인지 아는 것이 무의미할 정도로 배추가 줄지어 심어져 있는 배추밭 사진이었다. 몇 포기라니… 내 자신이 너무 어리석게 느껴졌다. 원인자 님께서 보내주신 배추밭과 고추 사진을 포함하여 농부들이 찍은 사진에는 작물에 대한 애정이 담겨 있었다. 아름답게 느껴지기까지 한 사진들을 통해 서울에서의 삶에서도 시골의 정취를 1년 동안 풍성하게 느낄 수 있었다.

올 여름 2개의 강한 태풍이 한반도에 영향을 주었다. 잠이 오지 않았다. 이런 경험은 처음이었는데 태풍으로 인해 전국의 농민들에게, 특히 인터뷰를 해주신 농부님들에게 피해가 있는 건 아닌지… 밤새 마음을 졸였다. 사진으로 본 작물을 내가 심은 것도 아닌데 왜 그렇게 신경이 쓰이던지 마음만은 농부가 된 것 같았다. 농부님들과의 인터뷰를 통해 어떤 연결고리가 생긴 것이겠지? 이러한 '연결'이 이 책을 읽는 독자들에게도 생기기를 바라본다.

제주 '우주농장'과 '김경수' 님은 내가 마지막까지 괴롭힌 분들이다. 경수 님의 '밭일 끝나고는 그 어떤 일도 할 수 없이 무조건 눕습니다'라는 메시지는 짧지만 강렬했다. 우주농장을 통해 들은 바로는, 제주의 많은 농가가 태풍으로 피해를 보았고 작물들이 잘 자라주기를 기대하는 것보다는 새로 심는 게 낫다는 판단으로 작물을 새로 심은 농가가 많았다고 했다. 이렇게 바쁜 시기인데 이틀이 멀다 하고 계속 문자를 보냈던 것이 너무 죄송했다. 한편으로는 유쾌했고 즐거웠던 인터뷰를 떠올리며 미리 해서 정말 다행이라는 안도의 한숨을 내뱉기도 했다.

지금까지의 모든 인터뷰이를 통틀어 농부님들과 인터뷰 시간 잡는 것이 가장 어려웠다. 정말로 귀한 시간을 내어 자신들의 삶 이야기를 공유해주고 책이 되기까지 긴 시간 기다려주신 열 분의 인터뷰 참여자분들에게 진심으로 감사의 말씀을 전한다.

한들벌 이혜인 님의 농기구 일러스트를 책에 담도록 허락해주셔서 특별히 감사의 말씀을 드린다. 함께 텃밭을 일구는 이웃인 조리리, 오화순, 심혜진, 이정화 님과 책에 담지는 못했지만 평창의 원인자 농부님과 시인이자 농부이신 전주의 이정석 님께도 감사드린다. 밭을 보고 서점만 다니는 여행 길에도 앞서서 그 길을 안내해주는 남편과, 한결같은 응원과 지지를 보내주는 가족에게도 고마움을 전한다.

힙한 농부님들을 알아봐 주시고 그 이야기에 공감해주신 미니멈출판사 대표님을 비롯해 출판 과정에 함께해주신 분들의 노고에 감사드린다. 마지막으로, 책이 나오기까지 나의 이야기에 귀 기울여주시고 함께 고민해주신 김현숙 선생님, 농부들의 이야기에 깊이 공감해주시고 아름다운 추천 글을 써주신 방송인 김혜영 님, 작은 일에도 관심을 갖고 응원과 격려를 보내주시는 강대중 교수님께도 진심으로 감사의 말씀을 전하고 싶다.

기후위기와 전쟁으로 인해 곡물가격이 급등했다. 이 땅에 농사를 짓는 우리 농부들이 없었더라면, 우리의 식량자급률이 지금보다 훨씬 낮았더라면 문자 그대로의 먹고사는 문제가 정말 죽느냐 사느냐의 문제가 되었을 것이다. 없어서는 안 될 존재인 농민들에게 더 많은 관심과 응원이 이어지면 좋겠다. 오늘도 우리는 신선한 식자재로 만들어진 따뜻하고 건강한 밥상을 마주한다. 이 한 상에 우리 모두가 공존하고 있음을 새삼 느낀다.

2022년, 가을

김유나

전북, 무주 _송연호&윤석화 농부

강원. 평창 _원인자 농부